익숙한 새벽 세시

익숙한 새벽 세시

오지은 산문집

이봄

prologue

우 편 함

어느 날 우편함을 보니 편지로 가득차 있었다.
그저 그런 고지서들이라 생각하고 그냥 두었는데
겉봉에 빨간 글씨가 적혀 있는 수상쩍은 편지들도 슬슬 보이고 이대로 두었다가는 우편함이 터져버릴 것 같아서,
모든 것을 멈추고
편지를 열어보는 시간을 갖기로 했다.

일단은 시시한 고지서들.
〔당신은 서른넷입니다.〕
굳이 열어보지 않아도 내용을 짐작할 수 있을 뿐더러
읽든 안 읽든 달라질 것이 별로 없다.
뭐 무시해도 좋을 것들.

그리고 조금 심각한 편지들.
〔당신이 재미있어 하던 것들이 재미없어졌다는 사실을 눈치채셨습니까? 새로운 재미 역시 원활히 공급되지 않을 것

임을 알려드립니다.〕

〔당신이 전진이라고 생각해왔던 것들이 최근에 후진인 것으로 판명되었습니다.〕

〔당신은 사실 피고였습니다, 이 나쁜 사람아.〕

이럴 수가.

그리고 몹시 심각한 편지들.

〔작업의 샘이 말랐습니다. 새로운 샘을 찾아 떠나겠습니까? 주의: 영원히 발견할 수 없을지도 모름.〕

마지막으로 가장 절망적이었던 편지는 이것이었다.

〔귀하가 그동안 메우려고 했던 마음의 구멍은 평생 메울 수 없는 것임을 알려드립니다.〕

아마 뾰족한 수는 없을 테지만, 그래도 밀린 편지에 답장을 쓰기 위하여 짐을 쌌다.

이쪽과 저쪽의 경계에서 쓰는
어쩌면 쓸모없을지도 모르는
하지만 남기고 싶은 기록.

차 례

prologue 우편함 … 4

1장 어른 적응기

미리 말해주지 … 13
장송곡 … 14
2014년 1월의 어느 날 … 17
교토 … 18
핸드 밀과 베란다와 욕조 … 25
교토, 수첩의 날 … 32
교토, 욕망의 날 … 35
팬케이크 단상 … 42
욕망에 대하여 … 47
어느 날의 우문현답 … 50
5% … 53

상추쌈 같은 … 54
상자열기 … 56
교토, 영화의 날 … 57
감정의 사치 … 61
2014년 3월의 어느 날 … 62
성장에 대하여 … 63
성장에 대하여 2 … 65
절름발이 … 67
교토, 단발 … 68
겁쟁이 … 74
교토, 산책 … 76
교토, 배움 … 79
2014년 3월의 다른 어느 날 … 85
교토, 꽃 … 86
어쩌면 … 90

2장 밤의 노래

부끄러움 … 94
여행 후에 일어나는 것들 … 96
작아지는 날 … 99
2014년 4월의 어느 날 … 102
공포에 대하여 … 104
밤의 고백 … 106
로빈 윌리엄스의 죽음 … 108

때로는 … 111
2014년 6월의 어느 날 … 113
자신을 좋아할 수 없다는 것 … 116
작은 결론 … 125

3장 사막을 건너는 방법

별 볼 일 … 129
인간은 어리석고 … 130
홋카이도 … 131
청춘과 홋카이도 … 133
큰 늪, 오오누마 11월 22일 … 134
오오누마 생활 … 141
WALD … 144
언젠가 오키나와에서 … 148
2014년 12월의 어느 날 … 152
토쿠미츠 커피 … 153
핸드워시 사이코 … 159
2014년 12월의 다른 어느 날 … 162
금선사 … 164
스님과의 차담 … 173
2015년 3월의 어느 날 … 176
정신과 … 180
탈진증후군 … 186
2015년 5월의 어느 날 … 191
2015년 5월의 다른 어느 날 … 192

4장 창작과 소비

음악과 글 … 196
이냐리투 감독의 악담 … 198
운동탐방기 … 200
무라카미 하루키의 악담 … 207
미스터 무라카미 … 209
스티븐 킹 선생의 악담 … 217
동경에 대하여 … 218
나의 음악을 듣는 당신께 … 223
하면 안 되는 것들에 대하여 … 224
한계에 대하여 … 226
솔직함에 대하여 … 229
딜레마 … 235
꿈에 대하여 … 236
스너프킨과 무민 … 240
어떤 생일 … 242
여전한 것들 … 250
작은 마음 … 254
이사 … 256
편지 … 260

epilogue 생각한다 … 262

1장

어른 적응기

미리 말해주지

풍선은 천진난만하게 하늘 높이 올라갔다. 풍선의 유일한 임무이기에. 모두들 가능한 한 높이 올라가라고 말했다. 먼 곳을 바라보라고도 했다.

하지만 모든 풍선은 언젠가 바람이 빠진다. 고도는 점차 낮아진다. 하지만 그때가 언제인지, 어떻게 하면 좋을지, 결국 어디에 도달하게 되는지, 아무도 말해주지 않았다.

장 송 곡

시작은 어디였을까. 3집을 내기 전부터 어렴풋이 눈치채고 있었다. 무언가가 죽어가고 있었다. 앨범을 만들 때의 내 마음은 장송곡을 만드는 기분과 흡사했다. 정확하게 무엇이 나를 떠나고 있는지 알지 못한 채, 노래를 만들고, 녹음을 하고, 공연을 하면서 나의 세계가 천천히 회색이 되어가는 것을 바라보았다.

그것은, 말하기 낯간지럽지만 청춘이었다. 푸른 봄. 잎사귀가 돋아나고 꽃망울이 터지고 땅도 공기도 생명력으로 가득차는 시기. 영원히 지속될 것이라고 생각하지는 않았지만 이 타이밍에 없어질 줄은 몰랐다. 증상을 이야기하니 어떤 사십대 지인은 너무 빨리 온 것이 아니냐며 안타까워했고, 다른 사십대 지인은 아직 새파란 사람이 무슨 소리를 하느냐며 힐난했고, 어떤 삼십대 지인은 깊이 공감했고, 다른 삼십대 지인은 공감하지 못했으며, 어떤 이십대 지인은 저 사람이 지금 대체 무슨 소리를 하나, 하는 표정으로 나를 쳐다보았다.

잠시 지나가는 우울증일지도 모른다고 생각했다. 하지만 증세는 심각해졌다. 음악을 들을 수 없게 되었다. 그다음은 영화, 그다음은 책, 그다음은 사람을 만날 수 없게 되었다. 나쁜 생각은 더 나쁜 생각을 불러왔고, 그 찌질한 기운에 좋은 생각들은 짐을 싸서 나가버리고 돌아오지 않았다.

가만히 천장을 보며 생각했다. 꿈에서 깨어 한 시기의 끝자락에서 바라본 나라는 사람은 형편없었다. 말투도, 생각도, 성격도, 생활습관도, 전부. 나는 매순간 성장하고 있다고 믿고 있었지만 어쩌면 착각이었을지도 모르겠다는 생각이 들었다. 내가 작게나마 이룬 것들은 그저 운이 좋았을 뿐이며, 돌이켜보면 몰라서 할 수 있던 것들이 태반이었다는 생각이 들었고, 나는 몹시 부끄러워졌다.

좋다는 게 무엇이었지, 만족이라는 것은 행복하다는 것은 무엇이었지. 내용이 전부 바뀌어버린 사전을 쥐고 있는 기분이었다. 아니, 어느 페이지를 펼쳐도 백지였다. 나는 단어의 정의를 잃은 사람 같았다.

나는 시간을 갖기로 결심했다. 사치스러운 결정이지만 절박한 마음에서였다. 지금 이 생각, 이 상황을 그냥 흘려버리면, 많은 것을 포기한 어른이 되어버릴 것 같아 두려웠다. 방향 없이 그저 어슬렁거리고, 변명만 가득한 사람이 되어버릴까 봐 무서웠다.

짐을 싸서 늦겨울의 교토로 떠났다. 조용하고 쓸쓸한 곳에 가고 싶었다. 옛것이 보고 싶었다. 싸락눈을 볼 수 있으면 좋겠다고 생각했다. 결혼하고 한 달이 지난 때였다.

2014년 1월의 어느 날

요즘 마음이 힘이 들 때는
남의 단점이 보일 때인데,

더 괴로워지는 원인은
내 단점들 때문이다.

굴속에 들어가고 싶다.

교 토

간사이 국제공항에 도착했다. 한 손에는 한 달간 지낼 짐이 담긴 이십팔 인치 캐리어. 다른 손에는 어쿠스틱 기타가 든 하드 케이스. 그리고 그 케이스 안에는 기타 넥 부러지지 말라고 넣어둔 양말과 레깅스 뭉치. 공항에서 짐을 찾자마자 넥이 걱정되어 기타 케이스부터 열어보았다. 알록달록한 양말 뭉치가 우루루 떨어졌다. 도착해서 제일 먼저 한 일이 공항 바닥에 무릎을 꿇고 굴러떨어지는 양말을 줍는 것이라니, 참 멋없고 낭만 없다.

공항에서 교토로 가는 방법은 여러 가지가 있다. 그중 내가 제일 좋아하는 것은 기차를 타는 것이다. 일본 국영철도회사 JR에서 운영하는 '하루카'라는 기차는 중간에 갈아탈 필요도 없이 교토까지 한번에 갈 뿐더러 내부도 예쁘다. 객차 의자의 머리받침에 걸려 있는 까슬한 노란 천을 볼 때마다 내가 지금 교토에 가고 있구나, 하는 사실을 실감한다. 하루카는 비싸지만, 다행히도 여행자 할인제도가 있다. 나는 여행지에서 그런 작은 정보로 이득을 보는 것을 좋아한다. 그런데 정보를 찾는 시간을 시급으로 따졌을 때, 과연 최종적으로 아낀 금액이 시간당 오천 원 이상의 값어치를 하는지, 잘 모르겠다.

그렇게 산 여행 패스는 ICOCA('이코카'는 일본어로 '갈까?いこうか'라는 뜻. 간사이 지방 특유의 장난이 조금 섞여 있는 이름이다). 열차 하루카 왕복과 현지에서 이용할 수 있는 교통카드가 모두 되는 할인 패스. 패스는 키티와 호랑이가 그려진 것 중 하나를 고를 수 있었다. 기겁을 하며 호랑이를 골랐더니 역무원이 픕, 하고 웃었다. 카드를 받아들고 나오면서 키티를 골랐어도 좋았을 텐데 왜 강박적으로 호랑이를 골랐나, 잠시 생각했다. 역시 지금 생각해봐도 키티가 나았다.

가방 속에는 한 달치 방세가 든 봉투가 있다. 여권을 꺼내다가 아니면 지갑을 꺼내다가 어딘가 흘렸을 것 같은 망상이 사라지지 않아서 기차 안에서 틈만 나면 가방 안에 손을 넣어 봉투 끝을 만지작거렸다. 첫날은 다 두렵다. 비행기를 놓칠까 봐, 짐을 잃어버릴까 봐, 호텔을 못 찾을까 봐, 예약이 잘못되었을까 봐, 무서운 사람을 만날까 봐. 이중 몇 개는 통과했고, 이제 조금만 더 무사하면 된다. 짐이 많아 교토역에서는 택시를 탔다. 택시는 나를 조용한 주택가의 아담한 건물 앞에 내려주었다.

로비에는 치켜올라간 눈썹의 키가 큰 직원이 서 있었다. 여유로운 태도로 미루어봤을 때 이 호텔의 매니저인 것 같았다.

"예약한 오지은이라고 합니다. 한 달 일정으로 예약했는데… 홈페이지가 아니라 이메일을 보내 예약한 것이라서 그 명단에 있을지… 아마 있을 텐데… 그게…."

그가 답이 없을수록 나는 작아져갔다. 내 남루한 행색과 손에 들린 기타를 보고 하대를 하거나, 시끄럽게 하지 말라고 주의 받으면 어쩌나 별의별 걱정을 했지만, 그는 얄미운 교토의 호텔리어답게 아무 말이 없었다. 일본 내에서도 교토 사람들은 좀 특이한 사람들로 분류된다. 더 놀다 가세요,라는 그들의 말은 어서 빨리 돌아가 이 멍청아,라는 뜻이라고 한다. 웃는 낯으로 다른 마음을 품고 있는 때가 많아서 옆 동네 오사카 사람들과는 앙숙이다. 그리고 그런 점이 조금 내 취향이다.

기타 때문에 주의를 받고 싶지 않다는 마음 아래에는 기타를 알아봐줬으면 하는 마음이 있었다. 그 사실을 알아채고 민망해질 즈음에 그가 드디어 나에게 말을 걸었다.
"교토에는 일 때문에 오셨나요?"
아, 나는 뭘 하러 왔더라. 바로 대답을 못 하고 있다가,
"일 반 휴식 반입니다."
애매한 답을 했다. 다행히 그에게는 충분한 답이었나 보다. 고개를 끄덕끄덕하더니 한참 화면을 들여다보았다. 그리고 찾았다, 하고 작게 혼잣말을 하고는 열쇠를 건네며 이렇게 말했다.
"이 방에는 멋진 책상이 있어요."

문을 열고 들어갔다. 입구 왼쪽에는 옷을 걸 수 있는 봉과 약간의 수납공간, 그 밑에는 작은 냉장고, 그 위에는 전기포트와 잔, 옆에는 녹차 티백과 분말 다시마차가 놓여 있었다. 화장실은 작지만 밝고 깨끗하고 아늑했다. 샤워 커튼도

쉰 냄새 없이 뽀송했다. 침대는 세미 더블 사이즈. 침구는 포근해 보였다.

책상은 오래된 원목이었다. 매니저가 강조할 만했다. 이 책상을 리폼한 디자이너가 여기 있다면 어디서 발견했는지, 어떤 식으로 리폼했는지, 얼마나 오래된 것인지 한참을 떠들 수 있을 것 같은 가구였다. 시간이 보이는 물건이 있는 덕에 방이 살풍경해 보이지 않았다.
기타를 벽 한편에 세우고 텔레비전 아래에 트렁크를 두었다. 펼쳤더니 바닥이 꽉 차서 그 위를 점프해서 지나다녀야 했다. 원래 기숙사였던 건물을 호텔로 리모델링했다는 글을 본 기억이 났다. 창문 옆에 있는 커다랗고 낡은 히터가 유일한 흔적이었다. 살면서 점점 기대 이상의 순간을 만나기 힘들어지는데 여기는 기대보다 좋은 방이다. 운이 좋다.

안도하고 나니 왠지 한기가 들어 히터를 틀었다. 다행히 듬직하게 움직여주었다. 바깥 경치가 궁금해서 창문을 열어보니 건조하고 차가운 바람이 훅 하고 들어왔다. 특별히 교토스러운 경치도 없이 낮은 회색 건물이 촘촘히 들어찬 그냥 마을이었다. 하늘에 별도 딱히 보이지 않았다. 별다른 기대도 없었기에 그럼 그렇지, 하고 창문을 닫았다.

출출해져서 밖에 나가보았다. 사거리에 '일본 제일'이라고 써 있는 타코야키집이 있었다. 손님은 아무도 없었고 타코야키를 굽는 판도 텅 비어 있었다. 포장을 하겠다고 했더니 십오 분을 기다려야 한다고 조금 불안한 기색으로 젊은 주인이 말했다. 별로 할 일도 없는 나는 안에서 텔레비전이나 보며 기다리기로 했다.

작은 테이블이 두 개 있었고 텔레비전에선 팔자 좋았다가 망한 여자 특집이라는 프로그램을 하고 있었다. 텔레비전은 공백을 메워준다. 누군가의 공백도, 타코야키를 기다리는 나의 공백도. 열심히 타코야키를 굽던 주인이 갑자기 급히 들어와서는 스토브 방향을 내쪽으로 바꿔주고는 다시 철판으로 돌아갔다.

어떤 젊은 여성과 아이들이 "그래서 내가 그랬지 뭐야? 진짜 웃기…!" 하고 즐겁게 말하며 들어오다가 나를 보고 깜짝 놀라 다시 나갔다. 아마 젊은 주인의 아내와 그의 딸들인 것 같다. 손님이 가게에 있는 상황이 익숙하지 않은 것이겠지. 괜찮은데. 진짜 웃긴 얘기 나한테도 해주지. 재미있게 들어줄 수 있는데.

숙소에 돌아와 침대 위에서 포장을 열었다. 파 토핑이 떨어졌다며, 소스와 마요네즈만 뿌린 타코야키는 일본 제일의 맛은 아니었다. 동네 제일일까도 의심스러웠다. 그 입간판은 너무 야심이 컸다. 하지만 큼직한 문어가 두 덩이나 들어 있었고 껍질은 정성껏 구운 덕에 바삭했다.
손님이 많아져서 주인도, 그 아내도, 토끼 같은 딸들도 손님을 보고 깜짝 놀라는 일은 점점 줄었으면 좋겠다. 그리고 언젠가 일본 제일이 되면 좋겠지.

교토에서의 첫 끼니가 이 타코야키여서 좋았다.

핸드 밀과 베란다와 욕조

2007년 1월, 첫 앨범을 직접 제작했다. 시디가 백 장씩 들어 있는 박스 열 개가 집으로 배달되었다. 당시 내가 살던 반지하 집은 천장이 낮아 박스를 쌓아올리니 거의 닿을 지경이었다.

'저걸 죽기 전에 다 팔 수 있으면 소원이 없겠다.'

하고 생각했던 것을 분명히 기억한다.

우연히 어릴 때 쓰던 다이어리를 발견했다. 한창 요시모토 바나나, 에쿠니 가오리를 많이 읽던 중3, 또는 고1 시절의 다이어리인 것 같았다. 생각은 마구 뻗히지만 한자리에 가만히 앉아 있어야 해서 낙서에 힘이 넘쳐 흐르던 시절이었다. 그중 나의 미래의 이상적인 삶에 대해 적어둔 페이지가 있었는데 상당히 웃겨서 여기 옮겨본다.

[핸드 밀에 원두를 넣고 달그락달그락 (여기가 가장 웃긴 부분) 갈아서 커피를 내려 테라스에서 마실 수 있으면 좋겠다. 그리고 따끈한 물에 목욕을 할 수 있는 욕조가 있었으면 좋겠다. 그 세 가지 외엔 바랄 것이 없다.]
예전부터 바랄 것이 없다는 뻥을 스스로에게 잘 쳤나 보다.

어디 보자. 지금 살고 있는 전셋집은 베란다 확장형이라 베란다, 즉 테라스가 없다. 안타깝네. 그나저나 핸드 밀이 다 뭐야, 우리집에는 무려 고성능 원두분쇄기가 있다. 에스프레소용부터 핸드드립용까지 미세하게 크기 조절이 가능한 유능한 놈이다. 그런가 하면 에스프레소 머신이 하나, 캡슐커피 머신도 하나 있다. 게다가 욕조까지 있다.
세상에나. 그럼 나는 행복하다못해 환희를 느끼며 하루하루를 살아가야 하는데, 그렇지 못하다. 어디부터 잘못된 거지.

커피부터 찬찬히 말해보겠다. 일단 원두를 갈고 내리고 찌꺼기를 치우고 하는 과정이 막상 해보면 상당히 귀찮다. 항상 신선한 원두를 갖춰두는 것도 쉽지 않은 일이다. 원두는 금방 상한다. 달그락달그락 하던 시절도 있었으나 돌이켜 보면 팔 힘이 상당히 들어, 어떻게 하면 빨리 이 과정을 끝낼 수 있을까만 생각했던 것 같다. '달그락'보다는 '바바바바박!'에 가까웠다. 물론 맛있는 커피를 집에서 내려 마시면 일순 행복하다는 생각이 든다. 하지만 역시 앞의 과정이 너무 수고스럽다.

욕조는… 물값도 아깝고, 뜨거운 물을 받는데 시간이 걸려서 결국 거의 샤워만 하게 되었다. 일 년에 몇 번이나 쓸까? 물때 청소하는 것도 귀찮은 일이다. 물론 목욕소금을 넣고 몸을 푹 담그면 상당히 행복하지만, 나는 사실 빈혈도 있고…

청소년 지은이의 실망하는 표정이 보인다.

베란다에 대해선 슈퍼을 세입자답게 별 생각이 없다. 맥심 모카골드 CF처럼 어깨에 숄을 두르고 커피를 마시며 아침 해를 맞는 그런 일이 과연 있을까 싶다. 낭만은 현실이 아닌 그림 속에 있으니까.

앨범의 경우, 앨범을 내고 몇 달 후 네이버 메인에 내가 노래 부르는 동영상이 걸리면서 금세 다 팔려버렸다. 하루에 백 장씩 딱 삼 일만에 내 방에 있던 박스는 전부 없어졌다. 그리고 그 상황이 무서워서 나는 반 년 동안 시디를 찍지 않고 가만히 있었다. 사람들이 무슨 마음으로 내 음악을 원하는지 따라갈 수 없었다. 당혹감이 기쁨을 덮었다.

칠 년이 지난 지금은 당혹스럽지 않고 기쁘다. 운이 좋았다는 생각이 크고 그저 감사할 뿐이다. 재미없게 들리겠지만 실제로 그렇다. 그리고 여전히 무슨 마음인지는 따라갈 수 없지만 계속 따라가지 못한 상태로 있으려고 한다.
그때 큰 기쁨을 느꼈다고 해서 무언가가 달라졌을 것이라 생각하지도 않는다.

1집 다음에는 2집, 그다음에는 3집이 기다리고 있었다. 2013년에 낸 3집은 내 앨범 중 처음으로 손익분기점을 넘지 못한 앨범이었다. 일을 했는데 수익이 나지 않는다, 그 스트레스는 어마어마했다. 취미가 아닌 직업인이기에 당연한 일이다.

길 앞에 놓여 있는 돌을 치우면 다른 돌이 또 나타난다. 그 돌은 더 크고, 더 단단히 땅에 박혀 있다. 계속 이렇게 돌밭을 걸어야 한다는 사실을 뒤늦게 깨닫고, 내 안의 중학생은 큰 배신감을 느꼈다. 열심히 하면 돌이 없는 또는 돌이 굉장히 적은 길을 걸을 수 있을 것이라고 어른들이 진지한 표정으로 말해왔기 때문이다.

돌더미 위에 앉아서 생각해본다. 달그락달그락 핸드 밀에 행복을 느끼지 않게 된 것은 내가 변해서일까. 아닐 것이다. 다만 알게 되었다. '달그락'과 '따뜻한 물이 담긴 욕조'와 '음반 판매고'는 행복과 직접적인 관계를 맺고 있지 않다는 것을. 그 관계는 간접적이고 복잡한, 예를 들면 사다리타기 같은 예측 불가능한 관계라는 사실을.

그렇다면 행복은 '무엇'으로부터 오는가.
그것을 아직 모르겠다.

교토, 수첩의 날

바깥에 나가는 것이 무서웠다. 소음은 크게 들리는데 새소리는 들리지 않는다. 감각기관이 고장난 것 같았다. 버스를 타고 조금만 나가면 아름다운 절, 조용한 골목이 있을 텐데, 봐도 눈에 들어오지 않으니 내 것이 될 수 없다. 그래서 이 좋은 교토에 와놓고도 방에만 있다.

난 갑자기 수첩에 집착하기 시작했다. 혼란스러운 생각을 수첩에 적으면 머릿속이 정리될 것 같았다. 완벽한 수첩을 사야지. 여행지에서의 내 이상한 버릇이다. 핀란드에서는 슬리퍼였고, 바르셀로나에서는 양초였다. 미야자키에서는 지압판. 모두 있으나마나 한 물건들인데, 이상하게 벗어날 수가 없다. 그것을 갖추면 인생의 톱니바퀴가 잘 맞물려 돌아갈 것 같은 생각이 든다. 그럴 리가 없는데 말이다.

상상 속의 나는 이렇다. 수첩에 하고 싶은 일을 적고, 주간 계획도 짜고, 일간 계획도 짜고, 가고 싶은 식당, 카페의 영업시간도 적어두고, 가고 싶은 장소와 교통편도 정리하고, 그대로 척척 행동한다. 아주 야무지다.
꼭 맞는 푹신한 슬리퍼를 신고, 베르가못 향기의 초를 켜고, 지압판을 밟고 뭉친 급소를 풀던 상상 속의 나도 그랬다.

궁극의 수첩은 무엇일까. 몰스킨은 너무 딱딱해서 나에게 성실을 강요할 것만 같다. 브랜드는 둘째 치고 어떤 구성을 고를지도 문제다. 먼슬리 페이지는 칸이 작아서 어떻게 써야 할까 항상 난감하고, 위클리 중심이면 수첩을 쓰지 않는 시기에 버리게 되는 페이지가 많을 것 같고, 데일리를 가득 채울 만큼 매일 할 말이 많은 것도 아니고, 그렇다고 완전히 무지인 수첩도 부담스럽다. 빽빽이 줄이 쳐져 있는 것도 갑갑하다. 표지가 너무 개성 넘쳐도 볼 때마다 심란해진다. 강렬한 이미지나 메시지는 전부 피하고 싶다.
아, 적당함이란 얼마나 충족시키기 어려운 가치인가. 적당함은 분명 뛰어남을 의미하는 것이다.

검색 끝에 괜찮아 보이는 것을 찾았다. 미도리의 트래블러스 노트. 겉은 질 좋은 가죽으로 되어 있으나 번들거리지 않고 들고다닐수록 흠이 생긴다는 점이 좋았다. 속지도 마음대로 구성할 수 있다.

꿈의 수첩을 사기 위해 첫 외출을 했다. 허탕치지 않기 위해 판매처도 꼼꼼히 알아보았다. 걸어서 십오 분 정도 걸리는 교토역이 숙소에서 가장 가까운 번화가였다. 역 안의 사람들은 각자 가야할 곳을 향해 바쁘게 걸어가고 있었다. 나와는 달리. 이세탄 백화점의 문구 코너. 실물을 보니 소문대로 괜찮은 제품이었다. 커버와 속지를 한참 고르고 계산을 하고 어디서 이 수첩을 뜯을까를 고민했다. 숙소에 돌아가서? 아니면 카페에서? 헤매다가 패닉이 되어 결국 흔하디흔한 스타벅스에 들어갔다. 교토타워 일층에 있는, 항상 관광객과 현지인들로 붐비는 스타벅스에서 서둘러 음료를 주문하고 구석자리에 웅크려 앉아 포장을 뜯었다. 속지를 끼우고, 핸드폰에 해두었던 메모를 전부 옮겼다. 시시할 정도로 금방 끝났다. 아무것도 바뀌지 않았다. 여전히 소음만 들린다. 잰걸음으로 숙소로 돌아왔다.

교 토 , 욕 망 의 날

1. 자본주의의 날

자본주의 사회에서 즉각적으로 행복을 느낄 수 있는 방법은, 바로 물건을 사는 것이다. 근처에 아울렛이 있다는 사실을 알게 된 나는 돈을 한번 써보기로 했다. 마치 실험을 하듯, 살까 말까 고민되는 것들을 전부 사보기로 했다. 만능 치트키를 쓰는 사람처럼 오늘 한번 위대한 물건의 힘을 경험해보는 것이다.

일단 운동화가 필요해서 나이키에 갔다. 칠십 퍼센트 이상 세일하는 예쁜 운동화가 많았다. A와 B 둘다 예쁘기에 모두 사기로 했다. 스스로의 대담함에 고개를 절레절레 흔들었다. 두 켤레에 팔만 원. 르쿠르제에 가니 예쁜 티포트를 반값에 팔고 있었다. 좋은 잎차를 저 티포트에 우려서 마시면 생활의 질이 올라가지 않을까. 티백을 마시는 삶과 잎차를 우려먹는 삶의 행복도에 얼마나 차이가 있는지 모르겠지만 그 순간만큼은 크게 느껴졌다. 잎차를 내리는 내 모습을 상상하며 세번째 쇼핑백을 받아들었다. 티포트 삼만오천 원. 나는 로망을 샀다.

평소에는 들어가볼 생각도 하지 못하던 띠어리 매장, 신상품 코너는 쳐다보지도 않고 겨울상품 세일 코너로 직진했다. 칠십 퍼센트. 아주 좋아. 두툼하고 좋은 외투가 있었다. 얇고 좋은 외투도 있었다. 잠시 고민하다 둘다 집었다. 계산대에 가지 못하고 괜히 매장을 한 바퀴 돌며 생각했다. 이게 말이 되나. 평생에 하나 있을까 말까 한 띠어리 코트를. 그러자 내 안의 폭주기관차가 말했다. 명동 영플라자에서 코트 하나 사는 가격보다 싸잖아. 지금이 기회야. 나는 석탄을 더 넣었다. 이제 쇼핑백은 다섯 개.

그리고 아울렛이 문을 닫을 때까지 이 가게 저 가게를 들쑤시고 다닌 결과 나는 인생 처음 양팔 가득 쇼핑백을 들어보게 되었다. 서둘러 다닌 탓에 식은땀이 났다. 마지막 셔틀

버스 시간이 다 될 즈음 갑자기 허기가 져서 베이글 샌드위치를 파는 가게에 들어갔다. 손님은 한 테이블밖에 없었고 점원 두 명은 빨리 퇴근이 하고 싶어 미치겠다는 눈치였다. 긴 의자에 오늘의 전리품을 올려두고 베이글을 사왔다. 내가 이 구역의 부자라는 느낌으로 만족스러운 식사를 할 줄 알았는데, 실상은 버스 시간에 늦을까 봐 베이글을 입에 넣으며 다른 한 팔로는 쇼핑백이 바닥에 굴러 떨어질까 봐 잡고 있어야 하는 질 낮은 식사였다. 돌아오는 길에는 만석인 셔틀에서 내 쇼핑백이 옆 사람에게 민폐가 될까 봐 붙들고 있느라 식은땀의 농도가 더 진해졌다. 이미 처음의 빳빳함을 잃은 쇼핑백 뭉치를 들고 기차를 타고, 다시 버스를 타고, 숙소에 도착해서 문 앞에 쇼핑백을 전부 내려놓고 녹초가 되어 침대에 쓰러졌다.

그리고 삼 일간 열어보지도 않았다.

추운 겨울에 외투가 없다면 아마 불행하다는 생각이 들겠지. 그런데 외투를 두 벌 샀다고 두 벌분의 행복이 느껴지지는 않는다. 자본주의의 셈법이 이상하다는 증거이다. 그렇게 매력적이었던 외투는 진열장에서 이동하여 내 방 옷장에 걸리는 순간 보통의 외투가 되었다.

소비의 대상이 틀렸나 하는 생각이 들어 책방에 가보기로 했다. 그래, 영혼이 담긴 물건을 사야 하지 않겠는가. 문화와 예술이다. 겁이 많은 인간이 되었기에 또 열심히 검색을 했다. 교토 북부 이치죠지의 게이분샤(恵文社)라는 곳이 세상에서 가장 아름다운 서점 중 한 곳이라고 한다. 아름다운 곳에서 책을 고르는 것, 이번엔 다른 종류의 사치를 부려보기로 했다.

블로그를 보니 동화 같은 이야기가 많았다. 조용하고 예쁜 골목을 걷다가 우연히 발견한 작은 카페에서 귀여운 식기에 담긴 유기농 병아리콩 카레를 먹는데, 우연히 담을 타고 넘어가던 고양이와 눈이 마주쳐서 한번 웃고 그렇게 가슴속에 추억 한 자락을 담는 현대판 동화. 이치죠지가 요즘 교토 인근에서는 그 대표격인 듯 했다. 나에게도 마법이 일어날 것인가. 고양이. 서점. 병아리콩 카레.

버스 정류장에 내려 서점 쪽으로 걸어가는데 거창하고 힘이 넘치는 간판이 많았다. 알고 보니 이치죠지는 라멘으로 유명한 곳이었다. 동화를 보는 사람에게는 동화가 보이고 라멘을 보는 사람에게는 라멘이 보인다. 예대가 근처에 있어 예술적인 공간이 많다더니 예대생들도 결국 먹성 좋은 젊은이인 것이다. 나는 병아리콩 카레보다 우선 라멘을 먹기로 했다.

타카야스라는 라멘집은 인근 대학생들에게 커다란 닭다리 튀김으로 유명하다고 한다. 가게에 들어가니 남학생들이 라멘을 후르릅, 먹고 있었는데 테이블 이곳저곳에 그 닭다리튀김이 보였다. 닭튀김을 반찬으로 라멘을 먹을 정도의 기개가 스스로에게 없음을 탓하며 일반 부추 라멘을 시켰다. 과연 소문대로 맛이 좋았다. 스피커에서는 금속성의 록 음악이 계속 흘러나왔다(아마 티엠레볼루션의 음악인 것 같다). 기운 넘치는 음악 소리에 젓가락을 종종 내려놓아야만 했다. 이 기운을 뚫고 다들 잘도 먹는구나. 직원들도 싱글싱글. 계산하고 나올 땐 기분이 좋아졌다.

드디어 게이분샤에 갔다. 세상에서 제일 아름다운 서점이라는 별명답게 예쁘고 조용하고 사려 깊은 공간이었다. 다양한 카테고리로 분류된 책들, 한쪽은 잡화점, 한쪽 벽에는 작은 지역 행사들의 포스터와 안내문이 붙어 있었다. 오랜 시간 다져온, 차분하게 흐르는 자부심. 개성이 넘치는 책들. 특별함이 넘치는 공간. 우리 동네에도 이런 곳이 있으면 참 좋겠지. 그렇지만 왜인지 이곳에서 책을 고르고 살펴보는 게 편하지 않았다. 공간이 문제인가, 특별함이 문제인가, 예술이 문제인가, 내가 문제인가. 아마도 나만 문제겠지.

결국 책은 한 권도 고르지 못했다. 그냥 돌아가기 아쉬워 잡화 코너에서 작고 파란 나무가 그려진 코스터와 하늘색 에나멜 컵을 샀다. 나는 왜 예쁜 것을 사고 있을까. 반짝이는 것들은 정말 반짝이는 걸까.

돌아오는 길에 평범한 서점이 있어서 들어가보았다. 재미없는 형광등 조명 아래 별로 예쁘지 않은, 평범하고 좋은 책들이 있었다. 나는 작은 문고판의 나쓰메 소세키의 〈나는 고양이로소이다〉와 〈무민의 친구들〉을 구입했다. 둘다 집에 한국어판이 있지만 지금 당장 밥을 먹을 때 펼칠 책이 필요했다. 역시 지금은 예쁜 것과 덜 예쁜 것, 안 예쁜 것이 섞여 있는 곳이 편한 것 같다. 잘 설명할 순 없지만.

버스 정류장에서 버스를 기다리는데 맞은편에 있는 도시락집 간판이 특이했다. 이름이 키친 토마토 밭. 저런 이름의 도시락집이 맛이 없을 리가 없어. 다음 버스를 타기로 하고 길을 건너서 도시락집에 갔다. 예상대로 맛있어 보이는 반찬이 너무 많아서 작은 가게 안을 네 바퀴나 돌았다. 주인 아저씨가 호탕하게 웃더니 메뉴를 추천해준다. 귀여운 알바생의 미소는 마치 '천천히 골라도 돼요'라고 말해주는 것 같았다. 나는 돼지고기 생강구이 도시락을 골랐다.

방에 돌아와서 먹으니 역시 꿀맛이었다. 생각해보니 오늘 두 번 웃었다. 아까 라멘집에서 활달한 점원에게 계산을 할 때, 그리고 도시락을 고를 때.

팬 케 이 크 단 상

간밤에 갑자기 팬케이크가 너무 먹고 싶어졌다. 요즘 유행한다는 수플레처럼 두텁고 부드럽고 다양한 토핑이 얹어진 팬케이크 말고 적당한 두께에 시럽과 버터 한 조각으로만 이루어져 있는 '핫케이크'라고 불리던 팬케이크가 먹고 싶었다. 내일 아침엔 꼭 그것을 먹으리라 다짐을 하며 내게 최고의 만족을 안겨줄 카페를 검색했다.

교토에는 팬케이크 전문점이 많았지만 다들 신식이기에 전부 제외시키고, 킷사,라고 불리는 옛날 스타일 카페의(메뉴판에는 '핫케이크'라고 적어놓았을) 팬케이크를 검색해보았다. 후기를 읽고 사진을 볼수록 팬케이크를 향한 열망은 더더욱 타올랐다. 그 고소한 맛, 폭신하고 쫄깃한 식감, 버터의 짭쪼롬한 맛과 시럽의 달콤함이 만들어내는 소박한 즐거움,

그리고 마무리로 쌉쌀한 커피 한 모금.
아, 나의 다음날 아침은 행복으로 가득찰 것이었다. 역사가 오래 되었고 특히 팬케이크가 맛있다는 '스마트커피'라는 곳에 가기로 마음을 정하고 가벼운 흥분을 안고 잠이 들었다.

눈을 떴을 때, 나는 어제의 흥분이 거의 사라졌음을 알았다. 양말을 신을 즈음에 이런 생각이 들었다. 나는 진정 팬케이크가 먹고 싶은 것일까. 고소한 쌀밥이나 함바그 정식, 이런 게 먹고 싶은 것은 아닐까. 아니면 가볍게 우동이나 소바라든가.
지금 앉아서 고찰할 상황은 아닌 듯하여 의문을 그대로 품은 채 출발했다. 늦잠을 잤더니 벌써 런치 시간. 가게 앞에 놓인 입간판에는 에비후라이, 오무라이스 등등의 런치세트 사진이 붙어 있었다. 맞다, 여기 런치세트도 유명하지. 에비후라이 정식을 먹을 수 있는 가격에 팬케이크세트를 선택하는 것이 과연 옳은 일인가. 하지만 역시 생각할 시간은 주어지지 않았다. 줄을 서자마자 점원에게 나의 목적을 밝혀야만 했기 때문이다. (런치 이용객은 이층, 카페 이용객은 일층.)
호…홋또케키 셋또데스.

줄은 금방 빠졌다. 다들 빨리 먹고 일어난다는 뜻이겠지. 이곳의 레트로한 분위기를 음미하며 오래 앉아 있고 싶었는데. 그럴 수는 없겠다. 점원은 나를 일층 구석자리로 안내했다. 주방 바로 앞, 대기하고 있는 서버들과 눈이 마주치는 자리. 아마도 이 층에서 가장 안 좋은 자리일 것이다. 왜 여기로 안내받았는지는 궁금해하지 않기로 하자. 메뉴판에는 프렌치토스트의 사진이 빛나고 있었다. 사진 속의 프렌치토스트는 달걀을 듬뿍 묻혀 속은 아주 부드럽고, 겉은 설탕 코팅이 살짝 되어 약간 바삭하고 살짝 탄 듯한 고소한 단맛의 향기가 나는, 그런 프렌치토스트로 보였지만… 뚝심 있게 어젯밤의 나를 떠올리며 팬케이크세트를 시켰다.

클래식한 도자기 잔에 담긴 커피. 도톰하고 잘 구워진 갈색의 팬케이크 두 장. 그 위에 네모난 버터, 그리고 작은 병에 담긴 시럽. 포크와 나이프. 내가 어젯밤 그렇게 그리던 바로 그 모습이었다. 버터를 살짝 녹이고 시럽을 부어서 나이프로 팬케이크를 삼각으로 자르고 한 조각 입에 넣었다. 아, 팬케이크였다. 밀가루로 만든, 약간 퍽퍽한 식감의, 시럽과 버터로 이루어진 일차원적인 달콤짭짜름한 맛으로 먹는 바로 그 팬케이크. 내가 먹고 싶었던 건 바로 이것이었고 정확히 그 맛이 나를 실망시켰다. 그리워하던 것 그대로였는데 실망하게 되는 이 얄팍함은 무엇일까.

에비후라이나 오무라이스 정식이 정답이었던 것일까. 아니면 프렌치토스트? 팬케이크는 어젯밤이 아니면 의미가 없었던 것일까. 만약 그렇다면 그렇게 짧은 순간만 유효한 욕망이란 대체 뭘까.
애당초 나는 정말 팬케이크를 원했던 걸까. 머릿속의 맛과 실제의 맛이 일치했는데도 씹는 순간 실망을 느낀 이유는 무엇일까.

나와, 어젯밤의 나와, 내 욕망과, 내 머릿속의 팬케이크와, 실제의 팬케이크. 전부 같지만 조금씩 달라서, 내 욕망의 구멍에 꼭 맞는 블록을 찾아넣는 건 불가능한 일이고, 심지어 욕망의 모양, 블록의 모양은 끊임없이 바뀌어서 나는 아무리 찾아 헤매어도 영영 맞출 수 없을지도.

잘못은 없다.
스마트커피의 팬케이크에는 잘못이 없다. 어젯밤 나의 상상에도 잘못이 없다. 오늘의 나에게도 잘못은 없다. 현재의 나와 과거의 나, 미래의 나, 그리고 세계와 팬케이크 사이에는 뒤틀림이 있고 우리는 뒤틀린 채로 서서히 움직이고 있을 뿐이다. 그래서 가끔은 만나고, 가끔은 또 멀어지고, 그렇게.

역시 에비후라이 정식을 먹을 것을 그랬다.

욕 망 에　대 하 여

욕망에 대해서는 무서운 사람들이 멋있는 말을 많이 해놓았다. 예를 들어 라캉. 우리는 타자의 욕망을 욕망한다. 상징계, 상상계, 실재계, 이어지는 어려운 말, 어려운 말…
요는 욕망은 충족시키기가 아주 힘들다는 것이다. 그렇다고 우리가 아, 그렇군요. 알겠습니다. 욕망하지 않아야겠군요! 이렇게 태세 전환을 할 수는 없다.
초등학교 일학년 교과서부터, 〔여러분 우리는 앞으로 많은 것을 바라게 될 텐데요. 대부분은 이루어지지 않거나 이루어져도 바라던 때 같지는 않을 거예요. 명심하셨죠?〕 하고 강조해두었다면 달라졌을까. 행복지수 일위라는 불교국가 부탄도 그런 교육은 하지 않을 것이다. 자본주의 사회의 동력은 물욕과 상승욕일 테니 더더욱.

중세가 암흑기였다는 말을 종종 하지만, 사실 사람들의 행복지수는 중세가 더 높았다는 설도 있다. 스트레스라는 단어 자체가 근대에 생겼다고 한다. 아침에 일어나서 밭일 하고, 가끔 마을에 잔치 열리면 술 먹고, 자고, 별로 바라는 것 없는 인생은 오히려 눈앞의 즐거움에 집중할 수 있게 되는지도 모르겠다. 하지만 텔레비전에 나오는 저 완벽한 사십삼 킬로의 여성은 집에서 가만히 텔레비전을 보는 표준체중인 나를 조금 불안하게 만든다. 나는 지금 이대로이면 안 된다는 불안.

운 좋게도 불안에 빠지지 않는 경우에는 주변에서 밀어 넣는다. 언젠가 친구가 이런 말을 해준 적이 있다. 예뻤으면 더 잘 됐겠지. 한번도 그렇게 생각해보지 않았지만, 듣고 보니 일리가 있었다. 그후 이틀간 '예뻐서 더 잘 된 오지은'이라는 실체도 없는 상대를 떠올리며 패배감에 빠졌다.

사방이 함정이다. 아무도 완벽한 사람은 없는데도, 허상의 완벽한 사람과 자신을 비교하며 픽픽 쓰러져 간다.

나는 어리석어서 계속 헛된 것을 욕망할진 몰라도
거기에 맞아 쓰러지고 싶지는 않은데.

저는 이 싸움 포기하겠습니다.
수고하세요 저는 갑니다,
하고 도망치는 법을 배워야 할 텐데.

그나저나
역시 코트는 하나만 샀어야 했다. 중생아.

어느 날의 우문현답

저 사치품 쇼핑도 엄청 했구요,
맛있는 것도 먹으러 다니는데
왜 기운이 나지 않는 걸까요?

아울렛에서 칠십 퍼센트 세일하는 것만 사놓고
그게 뭐가 사치품 쇼핑입니까.

아하….

5 %

이제까지 적은 것을 보고 '저 사람은 우울할 때도 재미있게 지내는구나' 하고 생각할까 덜컥 겁이 난다. 여기에 적은 시간은 오 퍼센트나 될까. 구십오 퍼센트의 시간은 한국과 마찬가지로 답이 없는 것들을 생각하며 천장만 바라보고 있다. 이 상태에서 어떻게 빠져나올 수 있는지 방법은 찾지 못한 채 시간은 계속 흘러간다. 그런 것도 전부 적어서 균형을 맞춰야 하는 걸까. 선택받지 못하는 시간들에 대해, 필요하지 않다고 평가되는 시간들에 대해, 그나저나 그 시간들은 정말 필요 없는 것일까. 모르겠다.

상 추 쌈 같 은

예전부터 들어왔던 곡이 단물이 다 빠진 껌처럼 느껴지고 새로운 음악은 아예 들어볼 생각조차 들지 않는 상태가 나의 증상 중 가장 슬프고 무서웠다. 음악을 즐겁게 들을 때의 기분은 잘 구워진 두툼한 삼겹살을 넣어 만든 커다란 상추쌈을 입안 가득 넣을 때, 그럴 때 느껴지는 꽉 찬 환희와도 같다. 걸음은 지면에서 붕 뜬 것 같고 지금 이 노래를 부르고 싶어 미칠 지경이 된다. 그럴 때는 염치 불고 가끔 길에서 부르기도 했다. 이런 것들이 당연하지 않다는 사실을 이제야 알게 되었다.

세상에 당연한 것 하나 없다는 사실을 머리로는 알아도 정말 내 삶에 적용하게 되는 타이밍은 항상 조금씩 늦는다.

좋은 것을 보고 듣고 느끼고 먹고 '아, 좋다' 하고 느끼는 감각이 점점 둔해지는 것을 어떻게 해야 막을 수 있을 것인가. 이 분야의 실용서가 시급하다. 어깨 뭉친 곳 푸는 법, 같은.

추신 : 그리고 며칠 뒤 갑자기 카니예 웨스트의 '터치 더 스카이'를 듣다가 귀가 뻥 뚫렸다. 난 적어도 드뷔시 정도가 뚫어줄줄 알았는데. 카니예라니… 역시 모를 일이다.

상자열기

내가 어떤 사람인지 알아가는 과정은
어쩌면 열기 싫은 상자를 계속 열어나가는
고통의 반복일지도 모르겠다.

상자를 열었다.
지금까지 해온 실수가 나왔다.
못난이가 나왔다.

그래도 계속 열어나가면
무리하지 않는
단정하고 확실한 행복을
얻을 수 있을까.

교 토 , 영 화 의 날

아름다운 것을 보면 무엇이 달라질까.
예술은 우리를 구원할 수 있을까.

〈인사이드 르윈〉이라는 영화가 있다. 신뢰하는 친구들 모두 극찬했기에 보러 갔다가 열이 뻗혔다. 그래서 집에 돌아와서 리뷰를 찾아보다 더 열이 뻗혔다. 교토에 오기 조금 전의 일이다.
알고 있다. 좋은 영화다. 훌륭한 예술작품이 갖춰야 할 요소들을 전부 갖추고 있다. 삶이 우리를 배신하는 순간을 그렸고, 삶의 징글징글한 요소들을 보여주었고, 인간이 얼마나 나약한지, 어떤 한계가 있는지를 새삼 깨닫게 해주었다. 그것도 아름답게. 하지만 난 생뚱맞은 곳에 꽂히고 말았다.

르윈의 친구라도 된 양 너무 이입해버린 것이다.

고백하자면, 이 영화를 보고 나서, 아아 좋았다, 하고 탄성을 내는 사람들에게 심술이 났다. 사람이 그렇게 되는 걸 보고 나서, 뭐가 좋다는 거지, 그 충만한 미소는 또 뭐야, 얄팍한 안도감 같은 건가? 안전한 곳에서 남의 절망적인 인생을 보면서 마음이 정화되었다고 착각하는 거 아냐? 증세는 더욱 심각해져 결국 세상의 모든 아아 좋았다,를 의심하는 지경에 이르렀다. 직업이 분류상 예술가인 사람으로서 세상에 존재하는 예술과 그에 따른 감흥을 의심하게 되었다는 것은 절망적인 일이었다. 길을 걷다 갑자기, 영화를 왜 봐? 무슨 의미가 있어? 하고 소리내어 툴툴거리곤 했다. 예술이 인간의 영혼에 영향을 준다는 것 자체가 오만한 발상 아닌가. 흥. 예술에게 실연이라도 당한 사람처럼. 애당초 손이라도 잡아봤나?

내가 묵던 호텔 근처에는 이온이라는 큰 몰이 있었다. 이마트 같은 곳이라고 하면 설명하기 편하겠다. 걸어서 이십 분 정도 되는 거리라 산책 삼아 가끔 장을 보러 가곤 했는데 그 건물 안에 영화관이 있었다. 슬쩍 보았더니 〈월터의 상상은 현실이 된다〉를 상영하고 있었다. 보고 싶었는데 놓쳤던 영화다. 수요일은 레이디스 데이라고 해서 평소에 천팔백 엔이던 관람료를 천 엔으로 깎아준다. 다음주 수요일에 동그라미를 쳤다.

얼마 만에 보는 영화지. 두렵기도 했다. 삐뚤어진 마음이 또 심술궂고 어리석은 생각만 낳으면 어떡하나.

상영관은 상영 직전이 되자 꽤 찼다. 내 두 칸 왼쪽에 앉은 양복을 입은 남자는 퇴근을 하자마자 영화관으로 온 것 같았다. 레이디스 데이니까 정가로 표를 샀겠지. 저 사람에겐 이 영화가 재미있을까. 천팔백 엔이라는 적지 않은 돈을 내고 인생의 두 시간을 여기서 보내는 것이 그에겐 어떤 의미가 있을까. 영화가 시작되었다.

좋은 영화였다. 유명한 스케이트보드 신에 입을 쩍 벌리고 보았다. 메시지가 촌스러워서 더 좋았다. 나는 촌스러운 것이 좋다. 그래도 웃으면서 지내자, 사람이 소중하다, 이런 것들. 기본적이고 당연한 것들. 명쾌해서 좋았다. 자, 여기 멋있지! 여기 이렇게 느끼도록 해! 그런 의도가 보여서 더욱 좋았다. 아마 꼬여 있는 영화였다면, 너무 세련되었고, 의도들은 전부 숨겨져 있고, 알쏭달쏭하고, 묘한 영화였다면 나는 더 꼬여버렸을지도 모른다. 현실적으로는 불가능한 스케이트보드 신이겠지만, 그것을 커다란 스크린으로 보는 순간 나는 아이처럼 기뻐하고 있었다. 이유 없이, 의미 없이. 그런 것 필요 없이.

마음에는 창문이 있다고 믿는다. 그것을 닫고 열기란 쉽지가 않다. 너무 많은 요소가 그 문의 개폐에 관련되어 있기 때문이다. 그래서 나도 모르는 새 굳게 닫혀 먼지가 쌓이고, 이산화탄소로 가득차고, 여는 법을 까먹고, 그 안에서 기침을 하고, 꼬여버린다. 예술이 창문을 열어주는 역할인지, 아니면 방향제 역할을 하는 것인지 모르겠다. 방향제로 쓸지 창문 손잡이로 쓸지는 사실 받아들이는 사람의 몫인지도 모르겠다.

그렇게 아직 모르는 것이 많지만, 한 가지 확실한 것은 오늘 창문은 벤 스틸러 씨가 열어주었다.

감정의 사치

지금 내가 생각하는 우울은
노천 온천의 따뜻한 물에 몸을 담그고
머리 위로 떨어지는 눈송이가 차갑다 하는
고작 그런 것이 아닌가.
의심이 들기도 한다.

취하지는 말아야 할 텐데.

2014년 3월의 어느 날

어제는 밤 열시에 씻고 누웠다.
결국 아침 일곱시까지 잠들지 못하고
따져보니 아홉 시간 넘게
눈을 감았다 떴다 핸드폰을 만졌다 내려놨다.
불을 켰다 껐다 웹서핑을 했다 닫았다, 했다.

인생의 너무 많은 시간이
잠을 청하는 것으로 허비되고 있다.

이 나이쯤 되면 잠드는 것 정도는
할 수 있게 되길 바랐는데.

성장에 대하여

재미있는 것이 없을까 멍하니 생각하다 잊고 있던 기억이 떠올랐다. 음악을 하다가 취직을 한 언니 오빠들이 당시 고등학생이던 나를 보고 틈만 나면 하던 말이 있다.

"요즘 뭐 재미있는 거 없냐?"

나는 당황스러웠다. A부터 얘기해줘야 하나 ㄱ부터 얘기해줘야 하나. 세상은 재미있고 멋지고 끝내주는 것으로 가득 차서 시간과 돈이 모자란 것이 유일한 불만인데, 뭐가 재미있냐고 묻다니. 구십 년대 중반의 나는 〈중경삼림〉, 〈트레인스포팅〉, 무라카미 류, 너바나, 앨라니스 모리셋, 흘러넘치는 에너지에 심장이 터질 지경이었다.

그나저나 지금 가장 재미있는 것이 무엇인지, 누구보다 빨리 알고 나에게 가르쳐주던 당신들이었잖아요. 왜 그것을 갑자기 나에게 묻나요.
시간이 지날수록 재미있는 것은 점점 늘어가는 것 아닌가요.

나에게 그 질문을 했던 사람들보다도 훨씬 많은 나이가 되어 드는 생각은, 일종의 보호막이 생겨서 재미없어지는 게 아닐까 하는 것이다. 눈을 커다랗게 뜨고 있으면 환한 빛도 들어오지만 큰 먼지도 들어온다. 그렇구나, 눈은 시리기도 하구나, 흉한 것도 있구나, 빛은 가끔 무섭구나, 항상 바라볼 수 있는 것이 아니구나, 그러면서 차차 실눈을 뜨게 된다. 좋아하는 것을 오래 보기 위해선 실눈을 떠야 할 때도 있는 것이다. 하지만 그러다보면 새로운 환한 빛을 받아들이기 힘들어진다. 어지간히 두꺼운 안구를 타고나지 않은 이상. 나의 경우는 그렇다.

그리고 나도 어느새 그 대륙에 도착해버렸다. '야 뭐 재미있는 거 없냐'의 세계. 운이 좋다면 속도를 늦출 수 있을지는 몰라도 결국은 다다르게 된다. 이 회색 대륙에.

성 장 에 대 하 여 2

이런 생각을 하며 뒹굴다보니 샤워를 하겠다고 마음을 먹은 지 한 시간이나 지났다. 샤워를 할까, 말까, 그냥 잘까. 또 한참을 허비하고 어그적어그적 화장실로 걸어갔다. 고민할 시간에 진작에 끝내고 머리도 말리고 차까지 한 잔 마셨겠다, 생각하며 샤워꼭지를 트니 따뜻한 물줄기에 기분이 좋다. 이 기분 좋은 걸 왜 진작 안 했지? 생각했는데 그러고 보니 매번 이 패턴이다. 이틀에 한 번 샤워했다고 쳐도 삼십 년만 곱해도 오천 번이 넘는데, 오천 번을 생각해도 학습이 안 되고 다음날이 되면 리셋이 되다니, 나에게 발전이라는 것이 있긴 한 건가.

편의점에 갔다. 과자 코너 앞에서 고민하다가, 에잇 어른이니까 사고 싶은 거 다 사버려, 하는 마음이 들어서 가득 담으니 이천 엔이 나왔다. 텔레비전을 보면서 초코 과자, 쿠키, 감자칩, 젤리 등을 먹었다. 엄마가 봤으면 제대로 안 먹는다고 혼냈겠지. 다를 것이 없지 않은가.
등짝을 때려주는 엄마가 옆에 있고 없고의 차이뿐.

가끔 생각한다. 사실 성장이라는 것은 없을지도 모르겠다고, 대신 위장술을 익혀가는 것일지도 모르겠다고. 욕망을 숨기고, 유치함을 숨기고, 정상적인 어른이 되었다고, 약간의 매너로 모두가 모두를 속이고 있는 것은 아닐까 하고.

절름발이

씩씩한 걸음걸이는 이미 사라졌는데
노련한 걸음걸이는 아직 배우지 못했네.

교 토 , 단 발

교토에 온 지 이 주가 되었다. 나는 외출을 하는 시간이 꽤 많아졌다. 불안을 그대로 바라보는 것은 부정하는 것보다 나은 방법인 것 같다. 다시 음악도 조금 들을 수 있게 되었고 사람이 많은 곳에도 조금씩 갈 수 있게 되었다. 밖에서 가끔 밥도 먹지만 아직도 커다란 추가 매달려 있음을 느낀다. 날 밑으로 잡아당기고 있지만 이젠 속수무책으로 끌려가지는 않는다.

상한 머리카락에 헤어팩을 하다가 갑자기 이깟 머리 잘라버리자, 하는 생각이 들었다. 많은 여성에게 (그리고 일부 장발 남성들에게) 머리카락을 자른다는 것은 특별한 일이다. 남들 앞에 서는 직업을 가졌고 주로 서러운 노래를 부르는 나에게 내 구불구불한 자연산 머리카락은 나름 특별한 존재였다. 머리카락은 무대에서 나와 함께 노래했다. 진짜다. 그래서 머리를 자른다는 생각은 십 년간 단 한번도 해보지 않았다. 이깟 머리, 이깟 머리, 잘라버려야지. 마음이 바뀔까 봐 샤워를 마치자마자 컴퓨터를 열고 내일 당장 예약이 가능한 미용실을 찾았다. 니시키 시장 옆 '루에.' 좋아. 여기로 하자.

헤매고 싶지 않아서 조금 서둘러 출발했더니 예약시간보다 일찍 도착했다. 작은 미용실이라 먼저 들어가 있으면 서로 불편할 것 같아서 위치와 분위기만 슬쩍 확인하고 시장으로 향했다. 니시키 시장은 교토의 부엌이라고 불리는 곳이다. 맛있는 두유 도넛, 타코야키 등이 있고 생선, 야채절임 등도 판다. 관광객과 현지인으로 항상 북적거리는 곳이다. 저녁시간이라 슬슬 문을 닫을 채비를 하는 가게도 많았고 마음도 편치 않아 느긋하게 구경을 할 수가 없었다. 미용실에서 가장 가까운 곳에 있는 어묵 가게에 앉아 관광객들 사이에서 치즈 가마보코를 우물우물 먹었다.

미용실에 들어가니 인상이 좋아 보이는 원장, 그리고 스태프가 한 명 있었다. 헤어북을 펼치니 일본 특유의 정성 가득한 스타일뿐이었다.
정성이 안 들어간 것 같은데 사실은 정성 가득 들어간 그런 스타일로 잘라주세요. 뻔뻔하게도 그렇게 말했다.
역시 내게 머리를 자르는 이유를 물었다. 미용계의 관습 토크였을지도 모르겠다. 하지만 거기까지 생각이 미치지 못한 나는 그만 내 얘기를 늘어놓아버렸다.

저는 음악을 하는데요, 이 머리카락이 트레이드마크 같은 건데요, 어제 갑자기 자르고 싶어져서요, 처음 해보는 단발이구요, 주절주절. 원하지 않던 정보를 얻은 원장은 살짝 당황한 기색이었다.
나는 처음 보는 미용사에게 엄청 압박을 준 것이다. 나는 긴 머리에 엄청 집착하는 사람인데 지금 충동적으로 자르러온 거야. 망치면 너는 어마어마한 원한을 사게 될 거야, 로 들렸을지도 모른다. 심지어 외국인이라 단골이 되지 않을 것이 뻔한데. 곧 후회했지만 이미 때는 늦었다. 그냥 겨울도 끝나가니까요,라고 말할 걸.

밑손질이 끝나고 머리를 싹둑 자르기 전에 그가 "자 이제 자릅니다. 괜찮겠어요?" 하고 물었다. 네, 하고 가볍게 답

하면 될 것으로 나도 모르게 "네!!!" 하고 복식 호흡으로 대답해버렸다. 너무 소리가 크고 단호해서 나 자신도 놀랐다. 그렇구나, 구불구불 긴 머리에서 탈출하고 싶었구나. 긴 머리를, 내 음악을 지켜야 하는 사람에서 벗어나서 음악이니 공연이니 모른다고 말하는 짧은 머리 여자가 되고 싶은 마음이 있었구나. 나도 모르는 곳에.

당연한 얘기지만 눈물도 뭐도 없었다. 거울 속의 세미-롱-헤어의 내가 어색해 보이긴 했지만 딱 거기까지. 머리를 감겨준 스태프와 한국 드라마에 대한 열띤 이야기를 했더니 더더욱 감상에 젖을 겨를이 없었다. 가게를 나오면서 목도리를 두르니 목 주변이 허전한 느낌이었다. 간편하고 좋네. 딱 거기까지였다.

셀카를 찍어 트위터에 올렸다. 머리를 자르다니, 당신은 이제 끝이야. 배신자. MP3 안의 노래도 전부 지워버리겠어, 이런 멘션이 있을 줄 알았는데 다들 덕담을 해주었다. 넉살 좋게 찍어 올린 사진을 한참 바라보았다. 예전부터 이런 스타일이었던 듯 자연스러워 보이다가도 문득 너는 누구냐 싶기도 했다.

긴 머리의 나와 짧은 머리의 나는 완전히 같을까, 조금은 다를까. 내가 달라졌기에 짧은 머리의 내가 되는 것일까. 짧아졌기에 달라지는 것일까.
애초부터 아무 관계없는 것일까? 그렇다면 나는 오늘 왜.

수많은 불확실한 것들로 이루어진, 끊임없이 변해가는 것들로 이루어진 나를 나라고 말할 수 있게 해주는 핵이 있다면 그것은 어디에 있는 걸까?

그후 한국에 돌아와서, 그간 나의 서러운 여자 스타일을 가꾸어주신 홍대 토니앤가이 원장님을 경악시키고, 그의 손으로 다시 완전한 단발을 만들어냈다. 오히려 그가 자르고 나서야 불안감에 일주일간 안절부절못했다는 것은 여담이다.
그럼 짧아진 머리로 나는 어떻게 지냈는가 하면, 작은 공연도 하고, 음원 녹음도 하고, 다 했다. 감상은 별것 없다. 머리 감을 때 편하고, 미용실을 조금 더 자주 가야 한다는 것 정도, 남들 다 하는 얘기다. 삼손의 힘이 머리카락에 있다고 믿고 있던 사람은 오히려 나였을지 모르겠다. 그렇다면 머리카락이 있는 한 내게는 계속 힘이 있으니까. 그리고 어느 순간 그 믿음을 부수고 싶었는지도 모르겠다. 나는 몇 달이 지나 머리를 훨씬 더 짧게 잘랐다. 남자아이들이 누나 머리 어디서 잘랐어요 하고 묻는다. 뿌듯하다.

겁쟁이

드디어 싸리눈을 보았네.
지금 금각사가 정말 아름답겠지만
용기가 없는 나는 상상만 한다.

교 토 , 　산 책

악명 높은 교토의 꽃샘추위도 누그러졌다. 그간 기운이 밝은 곳에는 잘 가지 못했다. 하지만 겨울이 끝나가고 햇살이 조금씩 강해지면서 나에게도 조금 볕이 들었다. 좋은 길을 걷고 싶다.

철학의 길,이라는 유명한 곳이 있다. 교토에 몇 번이나 왔으면서 한번도 가보지 않았다. '철학의 길'이라는 이름이 붙은 곳을 걸으며 '사색'을 하면 조금 부끄러울 것 같은 생각과 그래도 명색이 철학의 길이라는데 좋은 생각 몇 개는 건져 와야 하지 않겠나 하는 모순이 충돌하여 '에라이 가지 말자', 하게 되는 것이다. 이런 꼬임이 인생을 돌아가게 만드는 주범인지도 모르겠다.

철학의 길은 은각사에서 시작이다. 은각사도 아직 가보지 않았지만 다음을 기약하기로 했다. 한 번에 하나씩. 표지판을 따라 걸어들어갔다. 소문대로 걷기 좋은 길이었다. 작은 시냇물, 양 옆으로는 아직 움을 틔울까 말까 하는 늦겨울의 나무들이 늘어서 있었고, 드문드문 단독주택, 작은 공방, 카페가 보였다. 다른 계절에는 나무와 풀로 아름답겠지. 꽃나무도 단풍나무도. 상상하며 걷는 것도 나쁘지 않다. 비수기의 즐거움이다.

차도 다니지 않고, 신호도 없고, 물도 흐르고, 역시 사람들이 좋아하는 데는 이유가 있다. 하늘 한번 보고, 다른 사람 사는 집도 슬쩍 보고, 공방 창문도 들여다보고, 낮은 돌담도 보며 슬렁슬렁 걷다가, 고양이 먹이 주는 사람을 만났다. 인터넷을 통해 알려진 나름 유명한 이 길의 명사였다. 열 마리도 넘는 고양이들이 얌전히 밥을 먹고 있었고 오후 네시의 햇살이 그 모습을 조금 더 아름다워 보이게 해주었다. 내 고양이도 아니고, 내 친구도 아니고, 우리 동네도 아니지만, 이유도 모른 채 아, 하고 탄성을 내게 만드는 것들, 걸음을 잠깐 멈추게 해주는 것들, 그런 것들이 있다. 무슨 의미가 있는지는 몰라도.

익숙하고 생경한 풍경이 주는 위안. 모르는 사람 집 빨랫줄에 걸린 수건, 들어갈까 말까 고민하게 되는 작은 카페, 음식 냄새, 버스 정류장의 벤치, 내 것이 아닌 따스함에서 느낄 수 있는 사치스러운 애잔함. 그래, 무슨 의미가 있는지는 몰라도.

몰라도 된다 싶기도 하고.

교 토 , 배 움

나는 기타를 잘 못 친다. 부끄럽지만 사실이다. 시간도 많겠다, 교토에서 기타를 배우기로 했다. 친구들은 놀랐지만 나름 합리적인 궁리였다. 서울에서는 배움을 방해하는 요소가 너무 많다. 일도 많고 사람도 많고 내 게으름도 많다. 하지만 만날 사람도 없고 할 일도 없는 여기서라면 내가 기타를 열심히 치지 않을까? 하는 게 내 전략이었고 그것은 맞아떨어졌다. 참 쓸데없는 부분에 전략적이다.

코타니 센세, 사실 나보다 한 살 어리지만 깍듯이, 센세. 무료 체험수업까지 해보고 나름 열심히 고른 나의 선생님이다. 시대를 초월하는 카고 바지와 록 티셔츠, 그리고 어중간한 길이의 헤어스타일에서 구십 년대의 향기를 강하게 느끼고 그에게 호감을 갖게 되었다. 좋아하는 밴드를 물어 보니 역시 레드핫칠리페퍼스. 생각해보면 우리 팀 기타를 뽑는 것도 아닌데 궁합을 열심히 생각한 내가 우습다. 어차피 기초반 수업인데.

코타니 선생님은 나의 기타에서 수상함을 느낀 듯 했다. 레벨테스트 겸 아무거나 한 곡 쳐보라고 했을 때 생각난 노래가 하필 '어긋남을 깨닫다'라는 나의 곡이었고, 치다보니 노래가 자연스럽게 나왔고, 그러다보니 눈을 감고 열심히 노래를 부르며 기타를 친 것이다. 공연도 뭣도 아닌 것이 끝나고, 착한 코타니 선생님은 '벌써 노래와 기타가 동시에 가능하다니 대단하세요!' 하고 날 칭찬해주었다. 그런 걸로 칭찬 들으면 안 될 상황인데… 냉정을 찾은 코타니 선생님은 어떤 부분은 굉장히 대담하고 어떤 부분은 굉장히 형편없는 이상한 기타라고 했다. 맞습니다, 선생님. 제가 그렇습니다. 그의 명쾌한 판단에 존경심이 들었다.

한달 간 그는 내 나쁜 버릇을 하나씩 지적했다. 특히 쓸데없는 곳에 힘이 들어가는 것과 긴장 때문에 뭉뚱그리는 것. 기타도 세상일도 똑같다. 저 두 가지만 고쳐도 대부분의 상황은 훨씬 훌륭해지는 것 같다. 내 약점을 낱낱이 드러낸 건 처음이었다. 간단히 고쳐질 리 없었지만 그래도 그걸 고칠 수 있다는 가능성을 보여줘서 고마웠다. 불안을 해결하는 방법은 역시 꺼내서 꼬들꼬들 말리는 것뿐이다.

마지막 레슨 날, 코타니 선생님이 빙빙 돌리면서 질문을 해왔다. 맞습니다, 선생님. 저 사실 음악으로 먹고살아요. 앨범도 여러 장 냈구요, 했더니 내가 그럴 줄 알았어! 하면서 주먹을 불끈 쥔다. 진작 말을 하지 그랬냐고 그는 말했지만 그러기 싫어서 여기까지 온 내 마음을 알지 모르겠다. 엉망인 프로보다 의외로 잘하는 초보처럼 보이고 싶었다. 구십년대의 남자 코타니 선생님은 아마 모를 것 같지만.

○ ○ ○

'어떤 성인 여성이 되고 싶은가'라는 질문에 어릴 때부터 항상 대답하던 것이 있다. 머리를 잘 틀어올리고, 짜장면을 우아하게 먹을 수 있는 여성이요. 하지만 현실은 산발 머리의, 어릴 때와 별 차이 없는 방법으로 짜장면을 먹는 그런 어른이다. 원통하거나 하지는 않다. 그건 폐기해버리기로 했고 새롭게 바라는 여성상이 생겼다.

그것은 바로, 바른 자세로 앉고 걷고 눕는 여성. 몸이 유연한 여성. 내 몸뚱이의 질이 좋지 않다는 것은 일찍이 알고 있지만 최근엔 심각한 수준에 이르렀다는 사실을 깨달았다. 이 몸을 이끌고 평생을 살아야 할 텐데, 심지어 더 나빠지기만 할 텐데. 알고 있다. 지금 당장이라도 운동화를 신고 동네 한 바퀴를 뛰고, 매일 일어나면 맨손체조부터 하고, 채소 중심의 식단을 짜고, 밀가루와 설탕의 섭취를 줄이면 된다는 것, 다 알고 있다. 아는 것과 행동하는 것 사이의 거리가 너무 멀 뿐이다.

기타 학원에 조금 재미를 붙여 그 김에 더 찾아보니 요가 학원에도 체험 클래스가 있었다. 삼 회까지 이만 원 정도로 저렴한 가격이었다. 요가 스튜디오에 가보니 조용하고 깔끔하고 향기로웠다. 접수 카운터의 직원들의 미소에 배어 있는 '이너 피-스.' 곧바로 등록을 했다.

학생은 열 명이 되지 않았다. 각자의 방식대로 몸을 풀고 있었다. 예전에 동네의 인기 있는 요가 학원에 간 적이 있다. 넓지도 않은 방에 스무 명도 넘는 학생들이 다닥다닥 붙어 어려운 동작을 하면서 콧김을 뿜고 있었다. 선생님이 허우적거리는 우리를 보고 '그렇게 하면 살 안 빠져요!' 하는 순간, 그만 다니자는 생각을 했던 일이 떠올랐다.

문을 열고 탄탄한 몸의 사십대로 추정되는 여성이 들어왔다. 오사카 사투리를 쓰는 강사였다. 그녀의 푸근한 말투를 들으면서 시키는 대로 천천히 이런저런 동작을 해보았다. 역시 나의 몸은 잘 구부러지지도 않고, 잘 버티지도 못하고, 기본자세도 뒤틀려 있었다. 오른쪽 어깨가 솟았다는 사실을 처음 알았다. 게다가 호흡 하나 똑바로 못하고 있었다. 거기 당신, 더 숙여요, 흡, 거기 당신, 하아, 조금 더, 흡, 몸이 많이 굽었네요, 하아, 왼쪽으로 더, 흐읍.

녹음 기간에는 신경을 어마어마하게 많이 쓰니까 피곤해서 누워 있고, 공연을 하면 체력이 엄청나게 소모되니까 또 누워 있고, 계속 누워 있다보니 근육이 퇴화되어 뭘 해도 힘이 드니 또 누워 있고 그러다보니 이렇게 되었겠지. 다 내가 저지른 짓이다.

그래, 결국 나는, 자세가 구부정하고, 게으르고, 의지가 약하고, 생각이 짧고, 얄팍하고, 외로움도 많이 타고, 실수도 후회도 많고, 긴장하면 쓸데없이 말이 많아지고, 머리도 가끔 안 감고 밖에 나가는 그런 어른이 되고 말았다. 어느 하나 내가 꿈꾸던 침착하고 멋진 어른의 모습에 닿아 있는 것이 없다. 그런 어른의 이너 피-스 미소는 힘들 것 같지만, 아랫배도 납작해질 순 없겠지만, 숨 쉬는 것, 앉는 것, 걷는 것, 그런 것들을 처음부터 새로 배우고 싶다. 가능한 일이라면.

그리고 한마디 더 덧붙여도 된다면,
멋있는 사람보다, 추하지 않은 사람이 되고 싶다. 간절하다.

2014년 3월의 다른 어느 날

오늘은 비가 와서 이불 속에서 숨죽이고 있을까 하다가
그럼 뭐해, 싫어 외출을 했다.
우동을 후룩후룩 먹고
폐점 시간의 백화점 지하 식품매장에서
해산물덮밥을 반값에 사서 돌아왔다.

비오는 날은 별수없다.
소득 없는 날.

하지만 약간 처지고 슬픈 기분이
사물을 더 명확하게 바라볼 수 있게 해주는 것 같기도 하니
완전 공치는 날은 아니다.

교 토 , 꽃

겨울 교토가 춥다고 불평을 해왔는데 벌써 봄이 왔다. 꽃샘추위를 조심해야 하는 반쪽짜리 봄이지만 그래도 봄은 봄이다. 벚꽃은 아직 멀었지만 매화는 제법 피었다고 들었다. 돌아갈 날도 가까워졌고, 나는 꽃을 보러 가기로 했다.

한낮의 버스는 한가했다. 나는 왼쪽 중간 자리에 앉았다. 햇살이 기분 좋았다. 귓속에서는 엘라 피츠제럴드가 노래하고 있다. 멋진 오후다.
동계올림픽 기간이라 밤마다 텔레비전을 보고 있었다. 당연히 일본 선수들 위주의 편성이었지만 가장 보고 싶은 경기는 다행히도 볼 수 있었다. 김연아 선수의 은퇴 경기.
귀에 이어폰을 꽂고 창밖을 보고 있으니 어제 본 모습이 떠올랐다. 시작 전 몸을 풀기 위해 모든 선수가 삼십 분 정도 얼음을 지치는데 그 예쁜 눈썹이 계속 축 쳐져 있는 것이다. 마음대로 안 되는 듯 했다. 걱정이 많은 듯 보였다. 그래도 계속 얼음을 지치고, 지치고, 한숨을 쉬고 또 지치고. 그 모습이 갑자기 떠오르면서 왈칵 눈물이 났다.
아마 빙질도 별로고 몸도 아프고 마음도 심란했겠지. 그래도 무조건 해내야 하는 상황. 무조건 완벽하게 해내야 하는 상황. 딱 한번만, 딱 한번만 더 완벽하게 해내면 되는 상황.

모든 일에는 끝이 있다. 어떤 사람은 벌써 무슨 그런 생각을 하냐고 할지도 모르겠다. 하지만 우리가 잃어버린 것들에 대해서 생각해보라. 많은 것들을 우리는 지나쳤고, 잃었고, 후회했다. 적어도 나는 그랬다. 그것이 무엇이었는지는 항상 지나고 나서야 알았다. 하지만 그녀는 처진 눈썹과 한숨과 점프로 아름다운 끝을 맺어주었다. 한심한 나는 줄줄 우는 수밖에 없었다. 엘라 피츠제럴드는 또 왜 이렇게 아름다운가. 내릴 때가 되었다.

같은 교토라고 해도 꽃이 피는 시기는 다 다르다. 꽃놀이를 좋아하는 국민성과 정원으로는 한가락하는 절들이 가득한 교토의 특성 덕분에 개화시기 지도라는 것이 있을 정도다. 어디는 일찍 피어서 좋고, 어디는 늦게 피어서 좋다. 아직은 으슬해서 일단 뜨끈한 우동을 한 그릇 먹었다. 절에 들어가니 여기가 일찍 핀다는 소문을 들었는지 구경 온 사람들이 꽤 많았다. 아직도 사람 많은 곳이 조금 낯설어 마음이 불안해졌다.

꽃은 만개해 있지 않았다. 성질 급한 몇몇 나무만 꽃을 틔웠을 뿐이었다. 그래도 빨간 그 모습이 예뻐 보여서 핸드폰을 꺼내 사진을 찍었다. 아직도 멋진 경치를 보면 치유받을 것이라 기대하고 있던 스스로가 우스웠다. 그놈의 주술. 이제 이런 기대는 그만하자. 결국 교토에서의 한 달은, 외부에서 무언가를 얻으려 했을 때에는 실패했고, 바라지 않았던 순간에 얻었다. 쓰고 나니 너무 당연하지만 그랬다. 당연함에 항복하는 매일이다. 이렇게 별 극적인 일 없이 한 달이 끝나는구나, 생각하며 절의 가장 안쪽까지 들어갔다.

그곳에 있던 나무는 위치가 응달이라 그런지 다른 나무보다 꽃을 틔우는 것이 느렸다. 사람도 별로 없었다. 작은 꽃봉오리들이 키 작은 나뭇가지에 맺혀 있었다. 참 예뻤다.

활짝 핀 꽃보다 더 예뻐 보였다. 저 작은 몸에 어마어마한 힘이 모여 있겠구나. 앞으로 꽃을 피우고 열매를 맺게 하고, 떨어질 힘. 그리고 그것을 반복할 힘. 그 옹골찬 모습을 나는 한참 바라보았다.

어쩌면

멀리 떨어져 있으면
이런저런 것들도 떨어져서 볼 수 있다.

작년을 되돌아보았다.

아무리 생각해도
그건 진짜 섭섭했다,
싶은 것들이 있다.

용기를 내어
와, 섭섭했다!
하고 생각하기로 한다.

괜찮은 척하지 않고
그쪽 입장에서 이해하려는 노력도
하지 않을 것이다.

어쩌면 이쪽이 발전일지도 모르겠다.

2장

밤의 노래

부끄러움

나는 부끄러움으로 가득차 있다.
옛날의 부끄러움, 당장 어제 있었던 부끄러움,
앞으로 겪게 될 부끄러움까지 미리 몸속을 떠다닌다.
이 구부러짐은 어쩔 수 없다.
덜 부끄러워 보일 수 있을지는 몰라도
본질은 같다. 나는 계속 부끄러울 것이다.

아무리 향긋한 것을 먹어도
결국 지독한 방귀를 뀌게 되는 인간의 습성과도 같다.
슬픔도 그렇다. 흉물스러운 쇳덩이처럼
마음의 방에 있는 슬픔은
예쁜 커튼을 달아도 멋진 조명을 켜도

잠시 보이지 않게 할 수 있을 뿐,
사라지게 할 수 없다.
방향제를 뿌려도 잠시,
비릿한 쇠 냄새가 다시 방을 채운다.

그래서 나는, 그냥 구부러진 채로 비릿하게 살아가게 될 나를 받아들이기로 했다.

여행 후에 일어나는 것들

우리는 인생을 바꾸어줄 무언가를 찾곤 한다. 내 인생을 바꾼 영화 베스트 파이브를 꼽아보기도 하고, 먼 곳으로의 여행을 꿈꾸기도 한다. 실제로 인도나 티베트 같은 곳으로 떠나는 행동력 있는 사람들도 있다. 파랑새는 집에 있다는 동화를 어릴 적에 읽었어도, 자꾸 그런 것은 히말라야 산맥에 있을 것 같은 생각이 드는 것이다. 거창하게 거기까지 안 가더라도 혼자 떠나는 짧은 여행에서 어느 순간 마음을 막고 있던 무언가가 턱 하고 빠지는 듯한 체험을 해본 사람이 많을 것이라 생각한다.

나도 그런 것을 기대하며 많이 떠났다. 핀란드에 오로라를 보러 가기도 하고, 이 도시 저 도시에서 장기체류를 해보기도 했다. 늘 어떤 기대가 있었다. 이것을 계기로 막혀 있던 부분이 뚫리고 앞으로의 인생을 맑고 투명하게 살아갈 수 있을 것 같은 기대.

〈먹고 사랑하고 기도하라〉는 그런 판타지의 결정체 같은 영화다. 불행에 빠진 도시녀 줄리아 로버츠가 이탈리아에서 먹고 인도에서 기도하고 발리에서 사랑하며 진정한 자신의 삶의 템포를 되찾는다는 내용. (설마 이걸 보고 스포일러라고 하진 않겠지. 제목에 다 쓰여 있잖아!) 기분 좋은 판타지다. 아니 실제로 그런 일은 일어날 수 없다고 말하는 것이 아니다. 많은 사람이 '꿈꿀 수 있는 내용'이라는 뜻이다.

아름다운 것을 보았고, 여행 후에 무언가가 풀렸다. 그리고 다시 아름다운 것들은 알 수 없는 서랍에 들어갔고, 새롭게 많은 것이 엉켜갔다. 더 복잡하게. 이제는 홋카이도 일주 정도로 털 수도 없다(나는 홋카이도를 일주하고 〈홋카이도 보통열차〉라는 책을 썼다). 이제는 어느 서랍에 무엇이 있는지도 모르겠다. 나는 좋아진 것일까, 나빠진 것일까.

나는 수많은 여행책의 다음 이야기가 궁금하다. 분명 당신도 나처럼 다시 허우적거리고 있을 텐데, 거기에 대해 써준다면 정말 열심히 읽을 텐데. 사람들은 듣기 싫은 걸까. 애당초 우리에게 허우적으로부터 벗어날 가능성이라는 것이 있기는 한가. 누가 어른 세계의 기밀을 좀 폭로해주면 좋겠다.

만약 마음이라는 것이 나아가는 것이 아닌, 갔다가 돌아오는 것이라면.
여행을 떠나고, 돌아오고. 파랑새를 보고, 다시 잊고. 실수하고, 반성하고, 포기하고, 노력하고, 무뎌지고, 다시 아프고, 트램펄린 위에서 점프를 하는 것처럼 그렇게, 올라갔다 떨어지고, 아니 떨어진 덕에 다시 올라가고.
그러다 중력에서 벗어나는 찰나의 순간을 만나고, 다시 끌려 내려가고, 또 다시 점프하는 세계라면. 그렇다면 진짜 아름다움은 위에서 잠시 본 높은 풍경이 아닌 그 움직임 자체에 있을지도 모른다. 그래서 나는 후일담을 듣고 싶었다.

그래서 이 책은 누군가를 위한 후일담이다.
나의 경우,
일단은 더욱 형편없어졌다.

작아지는 날

가끔 시간이 마구 흘러가고 있음에 당황하게 될 때가 있습니다. 아직 오늘의 할 일을 찾아내지 못했는데 해는 무섭게 지고 있고 오늘도 바깥의 햇볕을 쬐지 못했다는 부끄러운 마음.

사람들은 일단 밖으로 나가면 된다고 말하지만 그것은 틀린 말입니다. 어떤 마음 상태에서는 밖에 나가는 것 자체가 두렵게 느껴지기도 하고 용기를 내어 밖에 나갔을 때 상처를 입고 돌아오기도 합니다.

그럴 때 바라본 세상은
나를 제외한 모두에게 갈 곳이 있고
나를 제외한 모두에게 만날 사람이 있는 것처럼 느껴집니다.

간혹 있는 갈 곳과 만날 사람이 있는 날에도
가끔 마음에 구멍이 뚫리곤 합니다.
즐거움 속에서 마음 한켠이 서늘해지는 날에는
사람을 만나지 않았다면 소외될 일도 없었을 텐데,
하고 바보 같은 생각을 하기도 합니다.

얼마나 서로를 잘 알고 충실한 관계인 사람을 만나야
차가운 바람을 품지 않고 집으로 돌아올 수 있게 되는 걸까요.
하지만 그 바람도 결국 내가 만든 것이겠지요.

골치 아픈 전화를 한 통 해야 합니다.
하고 나면 별것 아닌 것처럼 느껴질 것이 뻔하지만
지금 저에게는 돌덩이 같습니다.
한참 스스로를 다그쳐서 전화통화를 마치고
일 분도 걸리지 않는데 뭐가 그렇게 무서웠을까
아까의 저를 비웃어봅니다.

항상 이런 패턴입니다.
구덩이가 주위에 너무 많아서
조금만 발을 잘못 디뎌도 깊이 떨어져버립니다.

자, 골치 아픈 전화는 마쳤습니다만

이제 뭘 하면 좋을까요?

잘 모르겠으니

다시 작아지기로 합니다.

2014년 4월의 어느 날

좋은 사람들을 많이 만나서
먼지 티끌 하나 없이
즐거움과 따뜻함만을 느낀 날이었다.
집에 와서 식탁 위에 그대로 있던
재활용 쓰레기들을 착착 치웠다.
이런 날도 있다.
일 년의 삼 분의 일이 이런 기분이라면
그곳이 바로 천국이겠지.

공 포 에 대 하 여

나이가 든다는 것은 자신을 잘 알게 되는 것일까. 내가 무엇을 좋아하고 싫어하는지를 파악하고 그렇게 그린 지도대로 위험한 곳은 피하고 좋은 곳에는 자진해서 오래 머무르는 것.

서른이 넘으면 세상까지는 몰라도 나에 대해서는 점점 빠삭해진다고 믿었다. 나는 잠을 좋아해. 나는 하루 외출하면 삼 일은 쉬어야 해. 나는 여섯 시간 정도 자면 돼. 가끔 열두 시간씩 자면 좋아. 나는 원두 중에는 과테말라와 코나를 좋아해. 나는 친구들과 차를 마시는 것을 좋아해. 나는 잔잔한 영화를 좋아해. 책도 좋아해. 만화도 좋아해. 물론 음악도 너무너무 좋아해.

그런 규칙은 지금에 와선 아무런 의미가 없어졌다. 프로필에 좋아하는 것을 적어둔 사람들을 많이 본다. 나도 예전에 그랬다. 좋아하는 것, 싫어하는 것을 나열하면 스스로를 설명할 수 있을 것 같았다. 지금은 부질없다고 느낀다. 어차피 변할 것을. 차라리 내 침대 커버의 색을 써두는 것이 진실에 가까우리라. (현재 파랑이다.)

나는 나를 통제할 수 없다. 무엇을 좋아하고 말고조차 어찌할 수 없다는 얘기다. 심지어 추억조차 마음대로 떠올릴 수 없다. 어떤 선반은 열리지 않고 어떤 선반은 너무 열려 안에 있던 것들이 바람에 날아가버렸다. 나는 이제 기억을 믿지 않는다.
이런 흐름이 있구나. 점점 지하로만 내려가는 계단. 부정적으로 바뀌는 세계. 하고 싶어도 할 수 없는 것. 안 되는 것. 무기력한 것. 하나를 잃고 하나를 얻는 것이 아닌, 계속 잃기만 하는 세계. 이제 나는 더이상 '그냥 하면 되잖아'라는 말을 하지 않으리라.

어둠을 바라보는 이유는 어둠이 그곳에 존재하기 때문이다.

밤의 고백

마음속에서 피어오르는 연기를
가만히 보고 있으면
얼마나 시커멓고 매캐한지 모른다.
어리석은 생각을 장작 삼아
타고 또 탄다.

몇 시간째 잠 못 들고 있다가
바깥이 밝아오기 시작하면
우울의 덩어리가
목구멍을 타고 넘어온다.
원인도 이유도 알 수 없어
갈 곳도 보낼 곳도 없다.

가만히 생각해본다.
솔직함에 대해
한심함에 대해
나약함에 대해
설명할 수 없는 슬픔에 대해서

마지막으로
정리해서 태그를 붙일 수 없을 정도로
작고 쓸모없이 조각나버린
마음에 대해 생각한다.

언젠가 이런 마음을
노래할 수 있는 때가 올까.

로빈 윌리엄스의 죽음

로빈 윌리엄스가 자살을 했다고 한다.
재능이 넘치고
엄청난 성취를 하였고
가정도 일구었고
그렇게 다양한 표정을 지을 수 있을 정도로
삶에 대해서 깊이 알고 있을 사람이
노년에 우울증 때문에
혁대로 목을 매었다니.

친구가 아프다. 대학에서 항상 장학금을 받았고, 사람들이 부러워하는 기업에 단번에 붙은 아이다. 그곳에서도 두각을 드러냈고, 시간이 지나 외국계 기업으로 옮겼다. 거기서도 주목을 받으며 일했다. 그런 아이가 스트레스로 아프다. 만날 때마다 얼굴이 검게 타들어가더니 결국 회사생활을 그만둔다고 한다. 어떤 친구는 관두기엔 아깝다고 혀를 찼다. 아는 언니도 아팠다. 유명한 잡지에서 굵직한 일을 하고 있는 사람이다. 간 수치가 비정상적으로 올라가서 결국 일을 잠시 쉬었다.

익명 고민 게시판을 읽는다. 사람들이 마음속에서 비명을 지르고 있다. 대기업에 들어가지 못하는 사람들은 자기의 모자람을 비관하고, 대기업에 들어간 사람들은 자기가 무쇠 같지 못하다고 비관한다. 누가 이 공격에서 벗어날 수 있을까.

〈위플래쉬〉라는 영화가 있다. 앤드류라는 드러머와 선생님의 이야기라는데 지나치게 이입할 것 같아서 나는 보지 않았다. 일 분짜리 예고편에도 열이 뻗혔기 때문이다. 다른 사람들은 어떻게 보았을까 궁금해서 후기를 찾아보니 예술을 공부하다가 결국 프로가 되지 못한 사람들이 스스로의 모자람을 자책하는 내용이 많았다. 더 열심히 했어야 했는데. 내가 모자랐어. 나도 앤드류처럼 목숨을 걸고 해야 했는데.

감독의 인터뷰 중 이런 말이 있었다.
"앤드류는 슬픈, 껍질뿐인 사람이 될 것이고 삼십대에 약물 중독으로 죽을 것이다."

너는 무엇이든 될 수 있어, 너는 무엇이든 할 수 있어, 라는 말은 잔인하다.
그것은 네 책임이라는 뜻이다.
가능성은 있었는데 네가 모자라서 안 된 것이라고.

그것은 현대의 잔혹동화다.
성을 목표로 하던 대부분의 사람들은 덤불에 갇히고, 성에 들어가 왕과 여왕이 된 사람에게, 다음에 무슨 일이 일어나는지는 가르쳐주지 않는다.

때로는

집에 오는 길에 있는 슈퍼에
참외가 맛있어 보여서
둘, 셋, 네 개를 집어 계산대로 가져갔더니
하나에 무려 천오백 원이나 한다고 했다.

히익, 놀래서
두 개만 살까, 하는데
일곱 개를 사면 만 원이라고 권하는 것이다.
다 못 먹을 것이라 말해도
이 주 동안 냉장고에 두어도 괜찮을 거라며
진짜 맛있으니까 추천하는 거라고
계산대 아저씨가 밀어붙여

아 또 이렇게 당하는구나…
생각하면서 만 원을 내고 걸어오는데
생각해보니 일곱 개를 다 사봐야 오백 원 할인이었다.
이럴 바엔 그냥 처음에 네 개 살 걸.
후회 후회하면서
대충 부엌에 참외를 던져두었다.

새벽에 배가 고파
하나를 깎아 먹어보니
최근 몇 년간 먹어본 참외 중
가장 달고 맛있는 것이 아닌가.
너무 달아 입술이 간지러울 정도로!

당했다고 생각해서 죄송했습니다.
때로는 끌려가는 것이 좋을 때도 있다.

2014년 6월의 어느 날

매일매일이 좋으려는 욕심만 버려도
훨씬 마음이 편할 텐데.

자신을 좋아할 수 없다는 것

-내가 사랑하는, 혼자 자신만의 트라우마와 싸우고 있는 사람들에게

부모와 사이가 좋지 않은 사람들이 자라면서 가장 난감한 것은 아마도 절대 스스로를 좋아할 수 없다는 부분일 것이다. 자기가 가장 되고 싶지 않았던 사람의 피를 가지고 태어나, 오랜 시간을 같이 살았기에 비슷할 수밖에 없는 부분들. 그것을 고치기 위해 끊임없이 스스로를 의심해야 하는데 말 그대로 참 피곤한 일이다.
나의 이십대는 부모에게 받은 것과, 그로 인해 굽어버린 것들을 떨치고 교정하려고 노력하는 십 년이었다.

가끔 깜짝 놀랄 때가 있었다. 나는 다른 사람에게 미움받아

도 된다며 당당하게 구는 사람들을 볼 때에 그랬다. 저렇게 해도 어차피 날 좋아할 사람들은 좋아할 거라고 굳게 믿고 있구나. 세상의 모두가 날 미워할 것이라는 공포는 처음부터 가지고 있지 않구나. 마치 내가 뭘 하든 부모가 날 계속 좋아해주는 것처럼. 그들은 세상을 믿고 있었다. 그렇다면 그건 좋은 인생이라고, 부러운 인생이라고 생각했다. 그리고 부모와의 관계가 끊긴 사람과는 다른 인생이라고.

나에게는 공포가 있었다. 세상 모두가 날 싫어할 것이라는 공포. 나에게는 혐오스러운 무언가가 분명 있을 것이라는, 그리고 그것은 지워지지 않을 것이라는, 나는 그것을 계속 숨기고 살아야 할 것이라는, 들키는 순간에는 단숨에 모든 것을 잃어도 이상하지 않을 것이라는 공포. 나는 수많은 저주의 말을 듣고 자랐다. 그 말은 당연하게도 나에게 스며들어, 그것을 부정하며 어른이 된다는 것은 한쪽 다리로 서려는 것과 같아 균형을 잡을 수가 없었다.

부자연스러운 순간이 많았다. 너무 노력하는 것으로 보였던 때도 있었을 것이다. 당연히 아는 무언가를 놓치고 넘어간 때도 있었을 것이다. 나는 외발이이기 때문에, 외발이임을 들키지 않고 남들처럼 서 있으려면 위장이 필요하다고 생각했다. 과장된 농담을 하고 크게 웃고, 그리고 집으로 돌아와서 그런 자신을 혐오했다.

불쑥 튀어나오는 것들을 억누르며 어느 정도 교정을 마쳤다고 믿었다. 음악 덕분에 살풀이처럼 풀려버린 부분도 있었다.
가장 어두운 부분을 드러낸 것으로 공감을 받는다,
이건 내가 사람들에게 받은 가장 감사한 치료였다. 이 바닥 사람치고는 친구가 많다는 말도 들었다. 나 주제에 제법이었다. 하지만 걸리는 것이 있었다. 전부 위장이라고 생각했다.

모르는 사람 눈에 더 명확하게 보이는 것들이 있다. 욕심이 너무 많은 것 아니냐는 인터뷰어의 질문. 성격까지 좋아 보이려고 한다는 말에 당시의 난 펄쩍 뛰었던 것 같다. 아니 싹싹하게 해도 난리야.
혼자 떠난 여행에서 우연히 만난 어떤 화가는 말했다. 그렇게 안 하셔도 될 텐데, 왜 무리하세요. 그대로 드러내면 되잖아요.
그게 안 되는 사람들이 있어요. 어쩔 수 없는 것들이 있단 말입니다.

난 사람에게 화를 내본 적이 별로 없다. 나에게 화는 파멸이었다. 내가 받았던 화가 그런 것이기 때문이다. 투닥투닥 잽을 주고받으며 성장하는 인간관계를 겪어본 적이 없었다. 살면서 몇 번 화를 냈을 때는 그 사람을 다시는 보지 않겠다고 결심했을 때였다. 그럴 땐 불같이 욕을 퍼부어댔다. 어리석다는 것을 안다. 하지만 어쩔 수가 없다. 이것이 나의 최선이었다. 봐, 나는 역시 외발이잖아. 숨기는 수밖에 없어. 나에게 더 요구하지 마.

이쯤에서 인정하기 싫었던 것을 인정해야 할 것 같다. 아픔을 붙잡고 있는 행위는 어떤 종류의 자위일지도 모른다. 마치 바늘로 자신의 손을 찌르며 아픔에 도취되는 것처럼. 어쩌면 그 사실에 가장 집착하고 있던 것은 나였을지도 모른다. 가장 싫어하던 것에 매달려 있으면서 떨치고 싶다는 생각만 하고 있었는지도 모르겠다. 어쩌면 나를 이루고 있는 기둥으로 쓰고 있었던 것은 아닐까, 하는 의심이 생긴 것은 최근의 일이었다.

그걸 떼어내고 나를 볼 수는 없을까. 아니면 떼어낼 필요도 없이 그냥 그런 나를 받아들일 수는 없을까. 나는 사실 외발이가 아닌 것은 아닐까. 많은 어리석은 행위와, 반성의 밤과, 현명한 사람들의 애정으로 나는 조금씩 눈이 떠졌다. 결국 나라는 존재는 타인의 이해와 관용으로 이루어져 있었다.

예전에 있었던 일들, 그래 그건 어쩔 수 없다. 다른 인생을 부러워하는 것도 의미 없다. 그 인생은 살아보지 않았으니까. 정말 어떤지도 모르면서 뭘 부러워하겠는가. 원하지 않았지만 겪게 된 것들, 다행히 결과물로 남길 수 있고 남들에게 쓰임새까지 있으니 바랄 것이 없다. 나의 모자란 부분은, 그냥 나의 모자란 부분이다. 어쩔 수 없이 씌워진 저주라고 징징거리는 것도 이제는 그만할 때가 되었다. 나는 가끔은 장점도 있고, 가끔은 어쩔 수 없는 부분도 있는, 실수도 하는 모자란 사람, 남들과 같은 그런 사람이다.

아직도 가끔 집에 돌아오는 길에 또 인간관계를 망쳤다는 망상을 한다. 이건 잘 치료가 되지 않는다. 하지만 알고 보면 대부분 상대는 별 생각이 없었다. 자기 연민은 이제 그만, 모두의 수비 범위를 믿자.

애정은
아무렇게나 던져도 받아주는 것이 아닌
잘 던지려고 노력하는 것,
그리고 가끔은 엉뚱한 볼도 받아주는 것.

우리 모두 실수와 오해를 주고받고, 또 그렇게 하지 않으려고 노력하고, 그렇게 캐치볼을 하며 지내는 것이 우리의 최선이기에.
날 싫어하든 말든 상관없다고 외칠 용기는 없다. 사랑받는 것이 좋다. 호의가 좋다. 이렇게 약한 나로서 의심하고 안심하고, 그렇게 흘러가는 내 인생도 괜찮다.

자신을 믿을 수 없어서 너무 노력하게 되는 사람들이 있을 것이다. 착해서 호구라는 말을 듣기도 하고, 넌 대체 왜 그래?라는 말을 들어도 웃는 것밖에 못하는 사람들. 도무지 자연스러워질 수 없는 사람들. 어두운 부분은 꼭꼭 숨기고 밝은 곳을 동경하지만 발이 닿지 않는 사람들.

나는 기원한다. 스스로를 부정하는 것, 스스로의 아픔에 오히려 허용하고 있던 어리광, 이해받고 싶어서 오히려 세우고 있는 가시, 그런 것들을 조금씩 털어내고 걸어갈 수 있었으면 좋겠다고. 그리고 그런 과정에서 부디, 있는 그대로 당신을 바라봐주고, 가끔 당신이 항상 빠지는 구멍에 또 빠져서 허우적댈 때, 아무 일도 아니라고 말해주는 사람들을 만날 수 있기를. 구원은 있으니까. 나는 그렇게 믿는다.

cream

작은 결론

우리는 앞에 놓인 이 황무지를
받아들이는 수밖에 없다.

3장

사막을 건너는 방법

별 볼 일

얼마 전에 멋진 소설가님을 만났는데
그분도 집중을 위해 카페를 옮겨 다니신다는 말에
왠지 위로를 받은 작은 나.

우리는 노력을 해서 집중을 잘할 수 있게 되는 것이 아닌
못하는 집중을 잇고 또 이어서 완성시키는 것을
목표로 해야 하는 것은 아닐까.
하고 날 위로해본다.

오늘 하루 내가 한 그나마 괜찮은 행동은
저녁으로 남은 찌개를 처리했다는 것뿐이다.
내일도 별 볼 일 없을까 무섭다.

인간은 어리석고

인간은 어리석고 같은 실수를 반복한다는
인터넷 세상의 명언이 있다.

나는 어리석고
또 짐을 쌌다.

홋 카 이 도

홋카이도에 왔다. 겨울의 홋카이도에 온 것은 십이 년만이다. 하얗게 눈으로 덮여 다른 세상에 온 듯한 느낌을 받길 기대했는데 볼 수 있었던 것은 활주로 구석에 치워져 있는 회색의 눈더미뿐이었다.

오후 세시, 햇살은 벌써 오후가 끝나가는 것을 알리는 오렌지빛. 익숙한 풍경에 마음이 놓인다. 커다란 트렁크를 끌고 삿포로역에 도착했다. 여기에 도착하는 것에 하루치 힘을 다 써버렸기에 저녁밥은 포장해서 숙소에서 먹기로 했다. 들른 곳은 아린코라는 오니기리 가게. 내가 예전에 일하던 곳의 다른 지점이다. 모든 것이 그대로였다. 사람들의 유니폼, 메뉴판, 심지어 돈지루에 들어가는 감자와 두부, 고기의 개수까지. 변하지 않는 모든 것이 고맙다. 나도 여기서 일했던 사람이라는 오지랖은 차마 부리지 못한 채 오니기리와 돈지루를 포장하여 숙소에 갔다.

예약해둔 비즈니스 호텔은 방이 예상보다도 훨씬 작았고, 금연 방을 부탁해두었으나 내게 배정해준 것은 오랜 시간 애연가들이 즐거운 시간을 보냈음이 분명한 흡연 방이었고 슬프게도 그들이 뿌려두었다는 탈취제는 별 소용이 없었다. 혹시나 하고 열어본 창문은 한 뼘밖에 열리지 않았을 뿐더러 그마저도 손을 뻗으면 닿을 것 같은 거리에 옆 건물의 벽이 있었다. 내가 추울까 봐 걱정이 되었는지 미리 틀어둔 온풍기 탓에 공기는 무척 건조했다. 이 모든 수심을 잊게 해줄 인터넷도 되지 않았다. 위로가 되어준 것은 아린코의 따끈하고 포슬한 오니기리와 진한 돈지루뿐이었다.

한가지 다행인 것은 멈춰 있던 생각이 다시 흘러가기 시작했다는 것. 여러 가지 추억이 떠올랐다 사라지는 것을 쫓으며 텁텁한 공기 속에서 잠이 들었다.

청 춘 과 　 홋 카 이 도

홋카이도, 삿포로. 처음으로 살아보았던 외국. 스물두 살의 일 년.

더이상은 음악을 하지 않겠다고 결심하고 떠났던 곳.

내가 얼마나 몸도 마음도 허약하고 오만하기만 한 어린애였는지 알게 해준 곳.

처음으로 인생에서 돈 때문에 고생했던 곳. 처음으로 몸을 쓰는 아르바이트를 한 곳. 내가 이십 킬로 감자포대를 들 수 있다는 사실을 알게 해 준 곳.

처음으로 누군가의 자전거 뒷자리에 앉았던 곳.

천천히 움직이는 제설차의 오렌지빛과 함께 했던 새벽.

소리내지 않고 천천히 내리는 눈이 얼마나 아름다운지 처음으로 알게 된 곳.

큰 늪, 오오누마 11월 22일

삿포로에 살 때 당시 사귀던 남자친구는 아버지와 같이 살고 있었는데, 그 아버지에게는 차가 있었다. 차가 탐이 났던 남자친구의 아는 형은 더블데이트 같은 것을 제안했다. 형, 형의 일본인 여자친구, 나의 남자친구, 나 이렇게 넷이 하코다테에 다녀오자고 하는 것이다. 차만 빌려달라고 하면 명분이 서지 않으니 우리까지 끌어들인 것. 별생각 없이 승낙하고 나니 마음이 불편했다. 그 형은 좀 못된 한국남자였고 일본인 여자친구는 그 사실을 몰랐다. 그가 우리에게 한국말로 얘기하는 속내는 듣는 내가 기분이 나빠질 정도였고 그걸 모르는 그의 여자친구가 측은했다. 그래서 내가 택한 것은 잠. 차 안에서 자고 또 자고, 먹고 자고 계속 자고. 그의 여자친구는 그런 나를 보고 이렇게 얘기했었다.

지은 짱은 아기 같네. 먹고 자고. 먹고 자고. 타베테 네테, 타베테 네테. 그 말투가 귀여워서 또 그만큼 미안해서 아직도 기억이 난다. 그렇게 잠으로 피하다가 지쳐 눈을 떴는데 창밖으로 놀라운 풍경이 펼쳐져 있었다. 평화롭고 조용하고 커다란 호수, 두텁게 하얗게 쌓인 눈, 날아가는 새, 앙상한 나무숲, 잠깐 잠에서 깬 그 사이에 이름을 외웠다. 오오누마, 오오누마 국립공원. 벌써 십이 년 전 일이다.

삿포로에서 오오누마까지는 기차를 탔다. 숙소 근처에 슈퍼가 없을 것 같아서 그래놀라, 컵라면, 초콜릿, 시리얼바 등을 샀더니 트렁크가 많이 무거워졌다. 어깨에 배낭을 메고 손으로 커다란 트렁크를 굴리면서 삿포로역까지 걸었다. 눈이 쌓여 있는 곳도 힘들었지만 눈이 어중간하게 녹은 횡단보도가 더 위험했다. 역에 도착하고 나니 기차여행에 따끈한 라테가 있으면 좋을 것 같아서 굳이 우에시마 커피를 찾아 흑설탕 라테를 샀다. 한 손엔 라테, 한 손엔 트렁크. 사고 보니 이렇게 어리석을 수가 없었다. 조마조마하며 승강장에 도착하니 줄이 길었다. 지정석이 아닌 자유석 표를 샀기 때문이다. 결국 줄의 꼬리에 서서 탑승했더니 자리는 없고, 통로는 비좁고, 설상가상 트렁크를 둘 자리도 없었다. 누구를 탓하리.

빈자리를 겨우 찾아 일단 두꺼운 겉옷을 벗어두고, 조마조마한 마음으로 커피도 내려놓고, 트렁크를 처리하러 갔다. 선반 앞에서의 나의 부질없는 노력을 보던 한 청년이 가방을 올려주겠다고 했다. 이거 엄청 무거운데요. 청년은 무거운 것을 들기 전 남자가 여자 앞에서 보이는 미소를 띄우며 트렁크를 손에 쥐었다. 그리고 휘청했다. 선반 위에 트렁크를 올리고 그는 아까와는 다른 미소로 말했다. 나중에 어쩌려고 그러세요? 나는 얼굴에 열이 확 올라 그러게 말이에요. 감사합니다. 죄송해요. 감사합니다, 하며 돌아서는 수밖에 없었다. 더워죽겠는데 당연한 말이지만 아까 산 커피는 엄청 뜨거웠다. 누구를 탓하리.

우아한 레이디는 되지 못했어도 적어도 날씨와 상황에 적합한 옷을 입고, 그에 맞는 신발을 신는 사람이 될 수 있을 줄 알았다. 여행을 거듭할수록 단출한 짐으로 여행하는 멋진 어른이 될 줄 알았다. 나아가 내가 지금 뭘 먹어야 적당할지, 주문대에서 무슨 음료를 시키면 될지 정확하게 아는 사람이 될 줄 알았다. 나라는 인간과 삼십 년을 넘게 살았는데 취향이나 욕구 정도는 파악할 수 있을 줄 알았다.
하지만 현실은, 영상 십 도에 혼자 극한지역에서도 입을 수 있다는 미 공군 납품업체의 커다란 파카에 툰드라 지역에서 찍은 화보에 나와도 될 정도로 과장된 털이 달린 스노 부츠를 신고, 수면바지가 두 개, 샤워 젤도 두 개나 들어 있는 무거운 트렁크를 끌고, 그 와중에 뜨거운 흑설탕 라테까지 들고 탄 나였다. 찬물이 너무 마시고 싶다.

시골의 보통열차를 주로 타던 나에게 승객이 꽉 찬 풍경은 낯설게 느껴졌다. 연휴기간의 새마을호가 이런 느낌일까. 하코다테로 가는 특급열차가 하루에 몇 대 없어서 그런가 보다. 통로에도 사람이 서 있다 보니 마음이 편하지 않았다. 풍경도 눈에 들어오지 않았다. 정유정의 책 〈히말라야 환상방황〉을 꺼냈다. 재미있어 글이 술술 넘어갔다. 울다가 웃다가를 반복하다보니 기차가 한산해져 있었다.
옆자리 사람이 내려 창가로 옮겨 앉으니 풍경이 조금씩 눈에 들어오기 시작했다.

눈은 쌓여 있지 않았다. 하지만 그 덕에 기대하지 않았던 가을 풍경을 실컷 볼 수 있었다. 풍성하게 흔들리는 노란

갈대밭, 잎을 전부 떨군 짙은 고동색의 나뭇가지, 그 아래 무성한 낙엽, 빛바랜 초록의 잔디밭, 갈색과 오렌지색 필터가 아주 얇게 씌워진 듯한 공기, 그 빛을 머금고 따뜻한 남색으로 출렁이는 바다, 여름이 지나간 자리, 겨울의 회색으로 덮이기 전의 들판. 아름다운 것을 보니 슬프다.

트렁크를 내릴 것도 걱정이 되고 정차시간이 짧을 것도 걱정이 되어, 미리 일어나려고 허둥지둥하다가 결국 커피 컵을 떨어트렸다. 오늘의 미숙함의 완성. 조금 남았던 라테가 주르륵 앞쪽으로 흘러 앞자리 사람의 가방에 닿을 듯 말 듯했다. 바닥의 커피를 닦으며 십 초 정도 고민했다. 이 조용한 기차 안에서 시치미를 떼고 내릴 것인가, 아니면 솔직히 말할 것인가. 혹시 가방에 묻으면 나중에 얼마나 냄새가 고약할 것인가. 가뜩이나 라테인데. 용기를 내자. 저기요, 제가 커피를 쏟았는데요, 앞으로 흘러서 어쩌면 가방에 묻었을 수도 있는데… 아, 안 묻었군요. 다행입니다. 죄송합니다. 꾸벅꾸벅. 트렁크는 옆에 있던 사람이 꺼내주었다. 꾸벅꾸벅. 세상에, 면목이 없다.

오오누마공원역에 도착했다. 가는 기차, 오는 기차가 모두

한 승강장에 서는 작은 역이다. 팻말이 많아서 숙소를 쉽게 찾을 수 있었다. 크로포드 인. 누군가 리뷰에서 오래된 호텔맨의 자존심을 느낄 수 있는 곳이라고 하더니 정말 그랬다. 작고 조금은 낡았지만 방의 나무가구들은 반질반질했고 특히나 서비스에 흠잡을 곳이 없었다. 새로 만든 번쩍거리는 건물에 압도적인 인테리어, 세련된 기기를 갖춘 호텔의 매뉴얼대로의 친절과는 달랐다. 방에 들어가서 트렁크에서 옷가지를 꺼내 원목 서랍장에 넣어두며 작은 부분부분에 감탄을 했다. 식당에서 우설 스튜를 먹었는데 정말 맛이 좋았다. 겁이 나 며칠만 예약해두었던 나는 바로 프런트에 가서 숙박을 연장하고 싶다고 얘기를 했다.

꽤 오래 계시는데 이 주변 관광을 천천히 하실 계획이십니까?
아니요, 뭐라고 해야 하나(꼭 바로 답을 못 하겠더라)…
사실 글을 쓰고 있는데요, 여기 와보니 너무 멋진 곳이라 좀더 오래 있고 싶어서 그렇습니다.

그러자 좀처럼 오지 않는 행운의 여신이 나팔을 뿜뿜 불었다.
아, 그러시다면 이층의 경치가 좋은 방으로 옮기시지요.

누군가 짐을 들어주었고, 커피를 쏟았는데 누구에게 튀지도 않았고 누구도 화내지 않았다. 아름다운 풍경을 보았고 아름다운 방을 얻었다. 한심한 것은 오직 나뿐이었다. 변명거리가 없다.

오 오 누 마 　 생 활

오오누마공원역 안의 작은 매점에서는 병우유와 작은 빵 등을 팔았다. 일주일 중 며칠밖에 팔지 않아 나는 달력에 표시를 해두고 그날을 기다렸다. 매점에서 파는 우유는 근처의 유명한 야마나카 목장의 것이었는데 나는 마실 때마다 사치스러운 기분을 느꼈다.

로비에는 진짜 멋진 벽난로가 있었지만 열려 있는 공간은 마음이 편치 않아 한번도 그 앞 소파에 앉아보지 못했다. 방 커튼을 걷으면 언제나 호수가 보였다. 아침까지 잠을 못 잔 날에는 새벽의 회색 호수가, 오후에야 커튼을 걷을 기운이 난 날에는 짙은 오렌지색과 남색의 하늘과 호수가 보였다. 창 바로 앞에 길고 가늘게 뻗어 있는 나뭇가지가 스산

함을 더했다. 가끔 호수를 보고 가끔 텔레비전을 보고 주로 책을 읽었다. 또 가끔은 체조를 했다.

정유정의 〈히말라야 환상방황〉, 김연수의 〈소설가의 일〉, 스티븐 킹의 〈유혹하는 글쓰기〉. 신중하게 고른 세 권이었다. 세 권 다 다른 느낌으로 좋은 책이었다. 느슨해진 곳을 조여주고 뭉친 곳을 풀어주고 뒤틀린 곳을 잡아주는 기분이었다. 나는 덕분에 천천히 리듬을 찾을 수 있었다.

오오누마에서 유일한 오락거리는 동네에 하나뿐인 편의점에 가는 것이었다. 편의점까지 잰 걸음으로 걸으면 이십 분, 천천히 걸으면 삼십 분 정도 걸렸다. 걸어가는 동안 자연에 감탄하고 더 좋게 들리는 음악에 감탄했다. 하지만 왕복거리가 만만치 않아 컨디션이 좋은 날에만 갈 수 있었고 눈보라의 시기가 시작되고부터는 엄두도 내지 못했다.

편의점은 유일하게 인터넷이 되는 곳이라 나는 들어가자마자 핸드폰을 열곤 했다. 점원에게 눈총을 받을까 봐 화장품, 양말 등 잡화를 파는 코너에서 고민을 길게 하는 척 하며 핸드폰을 보았지만 뻔하게도 메신저에도 메일에도 트위터에도 별 내용은 없었다. 빙글빙글, 세상은 내가 없어도 전혀 속도를 떨구지 않고 잘 돌아간다. 금세 할 일이 없어졌다. 인터넷이 하루종일 된다면 하루종일 볼 것이 있겠지. 잠깐만 되니 오히려 할 것이 없다.

숙소 근처에는 밥을 먹을 만한 곳이 별로 없어서 저녁거리를 사두어야 했다. 숙소엔 전자레인지가 없어 삼각김밥이나 도시락은 편의점에서 데워 온 후, 저녁에 미지근한 것을 먹었다. 샐러드는 바로 먹었다. 숙소 일층 레스토랑에서는 가끔 점심을 먹었다. 저녁보다 저렴한 가격에 세트로 샐러드에 커피가 나왔다.

체조 덕분인지 운이 좋은 날에는 새벽 세시에 잠이 들어 낮 열두시에 깰 수 있었다. 기운이 조금씩 돌았다. 조용히, 조용히 가라앉았다.

기운이 돌아 맛있는 집을 찾아보았다. 편의점 가는 길 중간 지점에 발트(WALD, 숲)라는 곳이 있었다.

발트는 작은 통나무집이었다. 테이블이 몇 개 없었고 가운데 난로에 놓인 주전자에서는 김이 살살 나오고 있었다. 음식이 맛있고 분위기가 평화로워 나는 아주 천천히 밥을 먹었다. 어느새 마지막 손님이었다. 친절하게도 주인아주머니가 말을 걸어주어 삼십 분이나 수다를 떨게 되었다. 그녀에게는 한국인 친구도 많았고, 고맙게도 내가 왜 와 있는지도 궁금해해주었고, 중간에 주인아저씨도 와서 한중일 관계에 대한 진지한 얘기도 했다. 홋카이도 사람다운 시원시원한 내용이었다. 샐러드에 나온 토마토가 너무 맛있어 어디서 살 수 있는지 물어보니 근처 농장의 것인데 따로 살

수는 없을 것이라며 봉투에 한가득 담아주었다. 돌아오는 길에 거절하지 않고 너무 덥석 받은 것을 후회했다.

다음날, 또 발트에 갔다. 카레를 먹고 어제의 답례로 롯카테이의 캐러멜을 드렸다. 이거 원래 좋아하는 거라고 몇 번이나 말하며 크게 웃는 주인아저씨가 고마웠다. 별것 아닌데. 얘기를 하다 오늘이 마지막 영업날인 것을 알았다. 인사를 나눌 수 있는 사람이 생겼는데 하필 내일부터 휴업이라니. 좋아하게 되자마자 안녕이다. 이 시기의 오오누마는 비수기여서 매년 이맘때쯤 한 달간, 아저씨는 나무를 패어두고 아주머니는 여행을 가신다고 한다. 멋진 삶의 방식이다.

직업이 뭐냐고 물어 음악을 한다고 했더니 가수 기무바무스 상이 이 가게에 온 적이 있다고 했다. 기무바무스? 아주머니가 시디를 틀어주었고 나는 바로 알았다. 아! 김범수 씨요! 네네 알아요. 네 유명한 사람 맞아요. 유메나 가슈상 데스요. 잘생긴 것으로 유명하다고 했더니 아주머니는 알 수 없는 표정을 지었다.

언젠가 나중에 만나면 발트를 기억하느냐고 꼭 물어보겠

다고 하고 조금 서둘러 일어났다. 문을 닫는 날에는 은근히 할 일이 많을 것이다. 다음에 오기 전까지 김범수 씨를 만날 일이 있으면 좋겠는데, 그럼 두번째 화제 정도로 김범수 씨 얘기를 꺼내면 될 텐데. 나는 그런 날이 오기 힘들다는 것을 알고 있었지만 곧 그럴 약속을 잡은 사람처럼 힘차게 인사를 했다.

이웃집의 백호님

언젠가 오키나와에서

몇 년 전 오키나와에 여행을 갔다.

숙소 앞 작은 국숫집에 갔더니

카운터에 커다란 종이팩 와인을 놓고

혼자 마시는 여성이 있었다.

내가 시킨 국수가 나오지 않아

그 여성과 이야기를 하게 되고

카운터의 국숫집 여성과도 이야기를 하게 되었다.

가게는 이미 문을 닫을 시간이 되어

주인아저씨는 우리를 살짝 째려보았지만

카운터 여성의 태도가 너무 당당하여

나는 그녀가 사모님인 줄 알았다.

결국 주인아저씨는 먼저 퇴근을 하고

우리 셋만 남아서 계속 수다를 떨었다.

그녀는 내게 오키나와 향토 요리를 계속 만들어주었다.

그 마음이 고마워서

원래는 양이 작은 나지만

무리를 해서 먹었더니

복스럽게 잘 먹는다고 더 많이 만들어주었다.

와인을 마시던 단골이 내게 말했다.

여자애는 게스트하우스 같은 데서 자면 안 돼.

우리집에서 자.

오키나와 오면 무조건 이 번호로 전화해.

한국 돌아가자마자 잘 도착했다고 전화해.

우리 딸은 정말 예쁘고 착하고 공부도 잘해.

인생은 정말 별로야. 하하하.

너는 정말 싹싹하고 장해.

너처럼 컸으면 좋겠어.

그래도 게스트하우스에서는 자지 마.

우리 또 만나!

나는 취한 사람이 좋다.

모두가 항상 취해 있었으면 좋겠다.

그날 밤은 기분이 달아올라서
가게를 나와서도
한참을 혼자 카페에 앉아 있었다.

나는 한국에 돌아와서 잘 도착했다고
와인 아주머니에게 연락을 했다.
하지만 내가 계속 살갑게 연락하는 것이 조금 생뚱맞게 느껴져
다음 연락은 하지 않았다.
핸드폰을 바꾸면서 전화번호도 잃어버렸다.
하지만 가면 만날 거니까.
오키나와에 가면 꼭 들를 거니까.

그리고 시간이 지나
오키나와에 갈 일이 생겼다.
나는 일행에게 양해를 구하고 잠시 그 가게에 들렀다.
가게 안은 그대로였는데 전부 모르는 얼굴이었다.
용기를 내어 물어봤다.

주인이 바뀌었나요?
여기서 일하던 여자 종업원은 이제 없나요?

몇 년 전에 카운터에서 요리를 해주셨는데…
여기는 계속 우리 가게였다고 대답하며
황당한 표정을 짓던 아주머니는
갑자기 깜짝 놀란 표정을 지으며 말했다.
혹시 우리 오빠를 본 것이냐고.
우리 오빠는 몇 년 전 심장마비로 죽었다고.
그때 가게 문을 닫았었지만
다시 해야겠다는 생각에 얼마 전에 문을 열었다고.
그때 일하던 사람들 소식은 모르겠다고.
그때 다른 종업원이 끼어들었다.
누구누구 씨 아니야?
그래 누구누구 씨랑 친했잖아.
하지만 역시 연락처는 모른다고 했다.
미안하다며 자꾸 국수를 먹고 가라고 했다.
미안한 것은 나인데.
난 급하게 가게를 나왔다.

그래,
다음은
당연히 오는 것이 아닌데.

2014년 12월의 어느 날

지금 지내고 있는 곳에

눈 폭풍우주의보가 발령되었다.

바람소리가 무시무시하다.

눈은 바람 따라 요동친다.

컴컴하고 암담하고 좋다.

떠날 때가 되었다.

토 쿠 미 츠 커 피

나쁜 버릇이 생겼다. 어디에 가지는 않고 정보만 계속 찾는다. 어떤 길에 있는지, 어떤 분위기인지, 영업시간은 언제인지, 붐비는지, 메뉴는 무엇인지, 인테리어는 어떤지, 창밖에는 뭐가 보이는지, 그냥 가서 보면 될 것인데 겁쟁이처럼 찾아보고 상상만 하는 것이다. 친구를 만나러 나가지 않고 상상 속에서 완벽한 친구, 대화 상대를 만드는 것처럼. 이미 머릿속엔 내가 상상할 수 있는 최고의 토쿠미츠 커피가 생겨서 실제로는 실망하는 길밖에 없다. 더 나쁜 케이스는 찾아만 보고 결국 용기가 없어 가지도 못하는 것이고.

삿포로의 토쿠미츠 커피라는 곳에 가보고 싶었다. 그리고 드디어 왔다. 현실의 토쿠미츠 커피는 최근 전력난 때문인지 조금 추워서 한동안 웅크리고 있어야만 했고, 소문대로 커피는 몹시 맛이 있었고, 음악소리는 없었거나 내 귀에 들리지 않을 정도로 작았고, 그 대신 좋은 곳에서 즐거운 시간을 보내려는 사람들의 수다 소리로 가득차 있었다. 아마 높은 천장, 철골, 유리창문 등이 소리를 더 반사시켰을 것이다. 헤드폰을 켜고 음악 소리를 크게 틀어도 웅성웅성 소리는 헤드폰을 뚫고 들어왔다. 이것은 내가 꿈꾸던 토쿠미츠 커피에서의 시간이 아닌데. 한동안 집중하지 못하고 책을 보다가 뉴스를 보다가 친구들과 메신저로 이야기를 하다가 창밖을 보다가, 했다.

네시반이 되니 바깥에 일제히 빛이 들어왔다. 건물 앞의 조금은 유치한 모양의 크리스마스트리. 오오도리 공원의 작은 일루미네이션. 헤드폰 속의 가수가 얼마나 노래를 잘하든, 바깥의 풍경이 예쁘든, 마음이 튕겨내면 전부 방해꾼일 뿐이다.

마음이 언제 열리고 언제 닫히는지 그걸 알 수 있다면, 열고 닫는 방법을 알 수 있다면 난 인생의 비밀을 거의 알게 되는 것과 다름이 없을 텐데.

○ ○ ○

오오도리 공원이 내려다보이는 호텔방에서 지내기,는 나의 오랜 꿈이었다. 그래서 그것이 이루어지고 나면 좋은 생각을, 나아가 좋은 글을 쓸 수 있을지도 모른다는 기대가 있었다. 체크인을 하고 방에 들어왔다. 눈 쌓인 공원이 한눈에 내려다보였다. 좋은 풍경이었고 아무런 감흥이 없었다. 왜 항상 현실은 기대를 배반할까.

생각해보면 나는 유학 당시 돈이 없어서 이런 호텔에 와본 적이 없었다. 이런 건물을 밑에서 올려다보기만 했지, 여기서 공원을 내려다본 뷰는 본 적이 없는 것이다. 이번에 돈으로 산 이 경험은 내 추억이 되지 못했다. 당연했다.

유학시절 살던 동네에 가보았다. 잠시 살던 기숙사, 그리고 다음 거처였던 인근에서 가장 싸고 안 좋은 아파트. 내 집 맞은편에는 물건을 산처럼 쌓아두던 할머니가 살았고 그 옆집은 항상 새로운 사람이 드나들어 결국 누가 사는지 알 수 없었다. 외로웠던 할머니는 나에게 자꾸 물건을 주었다. 이 빠진 찻잔, 밤에 보면 무서운 전통 인형… 장어덮밥도 만들어주었다. 내 입맛에 맞진 않았지만 웃으며 먹었다. 그리고 왠지 조금 더 멀어졌다.

집앞에는 일본어학교의 중국인 친구들과 다니던 싼 레스토랑이 있었다. 그리고 지금 말한 세 곳 중 레스토랑만 남아 있었다. 아마 레스토랑까지 없어졌더라면 나는 내 기억 전부를 의심했으리라. 기숙사 자리는 번듯해 보이는 건물로 바뀌어 있었다. 그도 그렇다. 십이 년 전이다. 기숙사 창문으로 새벽에 사거리를 내려다보면 제설차가 천천히 지나가곤 했다. 오렌지빛 가로등과 제설차의 헤드라이트, 그리고 천천히 조용히 내리는 눈, 그게 내가 삿포로에 대해 가장 강렬하게 가지고 있던 기억이었다. 나는 대체 무엇을 위해 무엇이 남아 있길 바랐던 걸까. 지금 느껴지는 이 쓸쓸함의 이유는 무엇일까.

자리에 앉아 주문을 했다. 내가 갖고 있는 애틋함과 상관없이 레스토랑의 점원의 말은 건조하고 빨랐고 표정은 굳어 있었다. 그도 그럴 것이 여기는 싸기로 유명한 패밀리 레스토랑, 강제로 그녀에게 친절을 요구할 만큼의 밥값을 내는 곳이 아니다. 칠천 원 정도 가격에 소고기 구이가 나오고 밥과 카레와 스프가 무제한인, 학생들과 서민들이 좋아하는 곳이다. 사실 그런 곳이어도 당시 나에게는 비싸서 몇 번 오지 못했다. 이천 원 좀 넘는 가격에 샐러드 바를 주문하면 샐러드를 무제한 먹을 수 있어서 좋았는데 친구 겐 짱은 여럿이 그 샐러드 하나를 나눠먹는 것을 속으로 몰래 싫어했다. 도쿄에서 일한다던 겐 짱, 잘 지내고 있을까. 결혼은 했을까. 계속 일본에 살까. 찾아봐도 연락처는 없고. 괜히 문자라도 하나 보낼 수 있으면 좋을 텐데. 별 의미는 없다고 해도.

추억이 하나씩 생각날수록 내 마음은 덥혀지지 않고 조금씩 서늘해져갔다. 촛불이 하나씩 켜지길 기대했는데, 되려 촛불이 하나씩 꺼지는 느낌이었다. 다 타버린 촛불에 마개를 씌워서 완전히 꺼버리는 느낌. 회색 연기가 매캐한 냄새와 함께 피어올랐다 사라졌다.

씁쓸한 마음으로 숙소에 돌아온 후에는 무기력증에 빠졌다. 인터넷까지 되니 사람 망가지는 건 한순간. 게다가 밖은 몹시 추웠고 눈도 거세게 왔고 빙판길은 미끄러웠고, 게으름뱅이에게 좋은 핑곗거리가 되었다. 오오누마에서는 하루가 참 길었는데, 여기서는 하는 일도 없이 하루가 빨리 흘러갔다. 내 정신도 같이 휩쓸려서 흘러가는 듯, 아무것도 남길 수 없었다. 잠깐 멈춰서 마음속에서 지금 무슨 일이 벌어지고 있는지 들여다봐야 하는데 도시에서는 그게 어려운 걸까. 평생을 도시에서 살아놓고 웃긴 일이다. 아마 문제는 절제력 없이 나약한 나이거나, 당연한 흐름에 조바심을 내는 얄팍한 나이거나.

○ ○ ○

그렇게 맞이한 마지막날. 벼르고 벼르던 토쿠미츠 커피에 온 것이었다. 여전히 바깥은 일루미네이션으로 아름답고, 사람들은 계속 웅성대고, 나는 나침반을 잃은 사람처럼 그 사이를 표류하고 있다. 점원이 네 번이나 빈 물잔을 채워줬다. 이제 나가야겠다.

핸 드 워 시   사 이 코

나, 상태가 안 좋을 때 핸드워시를 그렇게 사댔다. 마음이 어지러운 새벽에 알록달록한 꽃과 과일 향의 핸드워시를 보면 마음이 편안해졌다. 신제품은 얼마나 자주 나오는지, 향에 대한 설명은 또 얼마나 유혹적인지, 망고 히비스커스 핸드워시를 쓰면 화장실에 갈 때마다 하와이의 기분을 느낄 수 있을 것 같았고 (가본 적이 없어 하와이의 기분이 뭔지는 잘 모르겠지만) 겨울 한정인 깜찍한 캔디애플 핸드워시를 쓰면 나의 겨울이 두 배 더 예쁘고 즐거워질 것 같았다.

게다가 그 사이트, 요망하게도 세일이 잦다. 미국 브랜드들의 특징인 것 같다. 원래 가격은 육 달러 오십 센트인데 지금 사면 일곱 개를 이십팔 달러에 준다고 하면 나 같은 멍청이가 넘어가 안 넘어가? 지금 사야 이득 보는 것 같은 강박에 그때부터 바삐 장바구니를 채우는 것이다. 해가 뜰 때까지 넣었다 뺐다,를 반복하며 심혈을 기울여 리스트를 작성했다. 시원한 향, 단 향, 꽃 향, 과일 향, 계절 향의 철저한 밸런스 조절. 그리고 결제 완료. 내친 김에 배송 대행지 주문서도 작성 완료. 뿌듯한 마음으로 잠자리에 든 후, 다음날부터 서서히 까먹기 시작하다가 거의 잊었을 때쯤 꾀죄죄한 상자가 하나 배달된다. 그래 내가 뭘 사긴 샀지… 하며 심드렁하게 상자를 뜯어보면 내가 이걸 왜 샀지 싶은 어려운(?) 향의 핸드워시가 가득. 속 쓰린 것은, 배송료를 생각하면 그렇게 싸게 산 것도 아니라는 것이다. 서랍장에 넣어두려고 맨 아래칸을 열어보면 이렇게나 많은 핸드워시가 이미 있었다는 사실에 새삼 경악. 마치 영화 〈사랑의 블랙홀〉처럼 이 과정이 매번 반복되었다. 영화와 다른 점 하나는 현실의 서랍장이 핸드워시로 계속 차고 있다는 것, 물론 잘 쓰고 있긴 하지만 아직도 작년 한정판 핸드워시가 서랍장 구석에 음침하게 있는 것을 보면, 마음이 편치 않다.

그래. 노 모어 핸드워시. 알록달록한 사 달러짜리 물건을 사는 것으로 아무것도 해결되지 않는다는 것을 알았으니 이제 그만. 새벽의 무절제는 이제 그만. 솔직히 신제품인

코파카바나 코코넛이랑 와일드 망고 모히토를 사서 어떤지 냄새도 맡아보고 싶지만, 아마도 내 서랍장 안에 있는 뜯지도 않은 캐리비언 이스케이프랑 망고 히비스커스랑 비슷할 것이기에 참을 수 있다. 하지만 프레시 브라질 시트러스는 솔직히 조금 갖고 싶다. 아마 화이트 시트러스랑 별반 차이 없겠지만 연두색 패키지가 너무 예쁘다!

하지만 안 됩니다. 포기하세요. 예, 알겠습니다…

2014년 12월의 다른 어느 날

최근 다시 건강에 관심이 많아져서
뭘 이것저것 주섬주섬 갖추어두었다.
그런데 살 때는 효능에 눈이 번뜩 뜨여 주문해놓고
받아서 먹을 때면
아 이게 뭐에 좋았더라, 하고 가물가물해지니
플라시보 효과를 놓치고 있음에 틀림이 없다.

나 자신을 위해
그리고 공익(?)을 위해 여기에 적어보도록 하겠다.

민들레뿌리 차 : 간 해독
삼부커스 시럽 : 감기 기운이 있을 때

프로폴리스 : 천연 항생제

님 오일 : 항균 작용

마테 차 : 체지방 분해(진짜?), 면역 증강

스피루리나 : 항산화, 면역 증강

오메가쓰리 : 혈액 순환

효소 : 몸이 가뿐해진다고 함

유산균 : 장, 독소 제거

비타민D3 : 우울증에 좋다고 함

밀크시슬 : 간 해독

워,

뭐부터 먹지.

배부르겠는데.

금 선 사

또 생각이 막혀버렸다. 며칠 쉬면 나을까 싶어, 집에 틀어박혀보았더니, 육 일간의 공백만 생겼다. 논 것도 아니고 안 논 것도 아니다. 역시 나는 할말도 없고 재능도 없는데 끈기도 없고 아주 개똥같은 인간이구나 하고 자학하던 차, 은희경 산문집 〈생각의 일요일들〉에서 좋은 핑계를 발견했다. 세 시간이 비면 영화를 보고 삼 일이 비면 짐을 싼다는 말에 감탄. 저도 마침 삼 일이 빕니다, 선생님. 떠나겠습니다. 이동에 쓸 시간과 기운이 별로 없어 서울에 있는 절을 찾아보았다. 구기동의 금선사라는 절이 후기도 별로 없고 좋아보였다. 절에서 내려다보이는 야경 사진이 멋지기도 했다. 반짝이는 서울을 바라보며 서울 같지 않은 곳에서 보내는 시간. 기대되었다.

입산 시간이 세시인데 세시에 종무소에서 걸려온 전화를 받고 일어났다는 것이 나의 첫번째 한심함. 급한 마음에 택시를 탔는데 내부순환로에서 내가 지갑을 두고 온 것을 깨달았다는 것이 두번째 한심함. 송금을 하는 등, 쇼를 해서 택시비를 해결하고, 절로 들어가기 위해 아주 잠깐 산길을 오르는데도 토할 것처럼 힘이 들었던 것이 나의 세번째 한심함. 그렇게 한심함 덩어리로 도착한 금선사는 아담하고 조용하고 뭔가 단단해 보이는 절이었다. 배정받은 방도 깔끔한 독방. 문을 여니 경치가 좋았다. 푸르른 나무 사이로 하늘이 보이고 그 아래 멀리 서울의 건물들이 보였다. 서랍장에는 커피믹스에 녹차, 현미녹차까지 푸짐히 담겨 있었고, 커피포트와 다구 등도 갖춰져 있었다. 개인화장실도 깔끔. 이불도 깔끔. 누가 호텔보다 좋다하더니 아예 근거 없는 말은 아니었다.

템플스테이 복장으로 갈아입었다. 내려가 보살님께 간단히 설명을 들었다. 새벽 네시반에 기상, 새벽 다섯시에 새벽예불, 여섯시반에 아침공양, 열두시 점심공양, 여섯시 저녁공양, 일곱시 저녁예불, 아홉시 취침. 경내에서는 큰 소리로 떠들거나 통화를 하지 말 것. 기본적으로 묵언. 스님이

나 보살을 만나면 합장하고 인사.
보살님은 절을 안내해주었다. 보살님은 알고 계신 불가의 지식이 너무도 많아 나에게 한정된 시간 내에 그것을 전하느라 진땀을 흘리고 있었다. 아미타여래, 관세음보살, 제석천, 석가모니 부처, 용왕, 대승불교, 도가의 가르침 등등. 무려 칠십 분간 진행된 오리엔테이션에서 들은 좋은 말들을 전부 기억하고 전하지 못해서 아쉽다. 날 안내해준 보살님의 말간 얼굴만 기억난다. 왜 절에 있는 사람들은 모두 피부가 곱고 낯빛이 맑을까.

여섯시 저녁공양에 맞춰 공양간에 갔다. 일어나자마자 씻고 달려 나온 탓에 오늘 처음 먹는 밥이었다. 반찬은 가지튀김, 깍두기, 오이나물, 버섯시래기된장국, 김 등등. 허기에 눈이 뒤집혀 밥을 두 주걱 가득 퍼담고 이내 후회했다. 두 주걱 먹는다고 두 배 만족스러운 것도 아닌데. 먹다보니 밥만 남아 반찬을 더 가지러 갔지만 이미 깍두기밖에 남아있지 않았다. 실망스러웠다. 아, 아름다웠던 김과 가지튀김의 시간은 벌써 끝난 것이다. 그저 그런 버섯된장국과 깍두기의 시간을 꾸역꾸역 받아들이고 후식으로 수박을 몇 조각 먹은 다음, 방으로 돌아왔다.

예불을 알리는 종소리가 울리고 저녁예불이 시작되었다. 스님 한 분과 날 안내해준 보살님, 그리고 템플스테이를 하는 아주머니, 나 이렇게 네 명뿐인 예불이었다. 경건한 예불인데 자꾸 웃음이 났다. 작고 나지막하게 불경을 읊는 스님 목소리도 기분 좋고, 방긋 웃으며 단정하게 앉아 있는 세 명의 부처님을 보는 것도 기분 좋고, 내 머리 위에 달린 연등도 어여뻐 좋고, 아까부터 시냇물 흐르는 소리가 들리는 것도 좋고, 어슴푸레 하루가 저물어가는 것도 좋아 몰래 벙글벙글 웃었다. 부처님, 제가 오늘 기분이 좋습니다. 좋은 일을 하면 극락에 간다더니 저도 모르는 새 해두었나 봅니다. 여기가 극락이네요.

눈치를 보며 절하고 일어나고를 반복하다가 오리엔테이션 때 실수로 백팔배를 하겠다고 말한 것을 책임져야 할 상황이 왔다. 나는 스님들이 불공을 드리고 있으면 그뒤에서 알아서 백팔배를 하다가 빠지는 것이라 생각했는데 나와 스님을 제외한 모두가 나가더니, 스님이 불을 끄고, 문을 닫았다. 퇴로가 없다…! 나는 별수 없이 백팔배를 시작했다.

스님이 시디플레이어 버튼을 누르자 웅장한 음악이 나오기 시작했고 목소리 좋은 남자가 내가 참회해야 할 것들에 대해서 말하기 시작했다. 그런데 음악이 〈캐리비언의 해적〉 OST 스타일로 웅장해서 나는 웃음을 참을 수 없었다. 목소리에 걸린 묘한 에코도 '네 죄를~~~ 네가 알렸다~~~' 톤이라(실제로는 절대 이런 내용이 아니다), 나는 배경음악이 K-발라드 전주풍으로 바뀌고 나서야 평정을 찾을 수 있었다. 역시 뮤지션이 배경음악이 있는 상태에서 일심에 다다르기란 쉽지 않다. 음악은 그다음 엔니오 모리코네풍으로 바뀌었다가 다시 캐리비언의 해적풍으로 끝을 맺었는데 힘이 드니 웃음이 자연히 멈추기도 했고 나에게 반성하라고 하는 내용들이 제대로 꽂히는 펀치마냥 나를 쳐서 막판에는 항복하는 기분으로 계속 절을 했다. 특히 '내 생각이 옳다고 생각한 어리석음을 참회한다'는 부분이 가장 나를 찔렀다. 백팔배를 끝낸 스님의 자세는 흔들림 없이 꼿꼿했고 그녀의 방석도 처음 모습 그대로였다. 내 앞의 방석은 사정없이 흐트러져 있었다. 내가 얼마나 비틀렸는지 보여주는 것처럼.

탈출하려는 나에게 스님은 앉아보라 말씀하시더니 좌선을 하자고 했다. 하나 둘 셋 넷 다섯, 다시 다섯 넷 셋 둘 하나.

숨소리를 느끼면서 잡생각을 흘려보내라고 했다. 나는 잡념으로 이루어졌고 그걸로 곡도 써서 먹고 사는데 그걸 왜 없애나, 잡념은 나의 힘인데, 하고 생각해왔지만 진작에 떨쳐버려도 될 생각들, 미움, 질투, 집착 같은 것과 오래 생각해볼 것들은 다른 카테고리였다. 잡념도 다 같은 잡념이 아니었다.

나답지 않게 밤 열한시에 잠이 들었다. 네시에 알람도 없이 눈을 뜨고 아주 짧은 잠을 이어서 잔 기분이었지만 머리는 맑았다. 샤워를 하고 종소리를 듣고 새벽예불에 참석했더니 오늘은 스님과 나까지 해서 전부 세 명. 어제 예불이 기분 좋았던 이유를 찾았다. 스님, 굉장히 음정이 정확하시다. 역시 정확한 음정은 사람의 마음을 편하게 만든다. 언제 절을 하고 언제 일어나는지를 잘 몰라서 눈치를 보는데 스님의 목소리가 흡음판이라도 댄 듯 작아지면 아직 절하는 타이밍, 공간에 맑게 울려퍼지면 고개를 드는 타이밍인 것을 알고 신경을 귀에 집중했다.

짧은 예불이 끝나고 기다리고 또 기다리던 아침공양 시간이 왔다. 템플스테이에 오면 하루 세 번의 밥시간이 유일한

쾌락의 시간이다. 채식이라 걱정했지만 좋은 재료를 쓰는지 양배추도 달고, 콩도 달고, 어제 반했던 김도 여전히 고소했다. 후식으로 나온 배, 사과, 귤까지 집어먹으며 흥흥 콧노래를 부르며 올라왔더니 스님께서 빗자루를 주시며 마루를 쓸라고 하셨다. 아니 일을 시키다니, 하고 잠시 당황했지만 이것은 울력이라고 하는 기본 일과였다. 스님이 주는 빗자루를 잡고 경내를 쓸었다. 쓰레기라고는 도토리, 솔방울, 나뭇잎뿐이었다. 여기는 쓰레기도 예쁘구나.

은근히 바쁜 절간의 일정. 아침 여덟시에 스님과의 차담이 잡혀 있었다. 어제 나의 백팔배를 도와주신 그 스님이 와주셨다. 아담한 체구에 눈동자가 선명하게 검었다. 편하게 앉으라고 하시더니 돼지감자 차와 볶은 콩을 내주셨다. 스님과의 차담인데 인생의 화두 같은 걸 꺼내지 않고 나는 백팔배의 음악이 쓸데없이 웅장한 이유를 물었다. 스님은 웃으시더니 불교방송에서 제작한 시디인데, 초심자들에게 효과가 좋다고 했다. 스님이 작은 농담에도 깔깔 웃어주셔서 나는 편하게 이런저런 것을 물을 수 있었다.

스님의 귀한 시간을 뺏어서 죄송하고 감사하다고 인사를

드리고 차담을 마쳤다. 스님은 언젠가 책을 완성하게 되면 보내달라고 하셨다.

절에 오니 노래가 절로 나오네~ 이런 노래를 흥얼거리며 방으로 돌아왔다. 새벽에 일어났을 때 오늘 하루는 정갈하게 보내겠다는 의미로 이부자리를 깨끗이 정리했는데, 평소 움직이지 않는 시간에 바지런히 움직였더니 몸이 무거웠다. 담요를 덮고 다시 구부정해진 자세로 책을 보는데, 한기가 올라와서 기껏 정리해둔 이불을 다시 폈다. 이불 속에 들어가니 좌선이 다 뭐고 가부좌가 다 뭐람, 사색은 또 뭐람, 아무 생각 없이 따뜻한 곳에 있으면 이렇게 행복한데. 나는 심지어 책을 덮고 핸드폰을 열어 문자와 카카오톡과 라인과 웹서핑으로 즐거운 시간을 가졌다. 생각하는 나의 시간은 벌써 끝나버렸고 익숙한 한심이의 시간이 시작되었다. 심지어 점심공양 후에는 완전 풀어져서 낮잠까지 자버렸다.

눈을 뜨니 저녁공양 시간. 아직 속도 더부룩한데. 하지만 밤은 길고 밥시간은 정해져 있으니 공양간으로 갔다. 또 주걱 가득 퍼버린 밥, 그리고 콩나물무침, 김, 무버섯국, 후식으로는 배와 바나나. 불편할 정도로 배가 불렀다. 정신도 잘 차려지지 않고 잠도 계속 오고 그냥 계속 눕고 싶고 아까의 흐름은 간데없다. 한심이는 나를 완전 정복해버렸다. 아침까지만 해도 여기가 극락이라고 생각했는데 극락에서 잠이나 자고 싶어하는 게 나네.

하산하는 날의 새벽예불. 마지막 세 번 절을 할 때 소원을 빈다. 눈을 질끈 감고 간절한 마음으로 빌었다. 머리를 맑게 해주세요, 몸을 움직이게 해주세요, 청소를 잘 하게 해주세요, 조금만 덜 멍청하게 해주세요, 제발 한심이를 가끔만 만나게 해주세요….

스님과의 차담

스님, 뇌와 두개골 뼈 사이에 뭔가 한 층 덮여 있는 것처럼 둔탁합니다. 생각의 깊숙한 곳까지 가지 못하고 계속 둥둥 떠 있는 기분입니다. 발을 바닥에 붙이고 한 점을 깊게 응시하고 싶은데, 산만하게 초점이 계속 흔들립니다. 웹페이지만 얄팍하게 계속 넘기고 있는 것 같은 기분입니다. 모든 것을 읽고 있지만 아무것도 읽고 있지 않은 것 같습니다. 제가 잘못된 걸까요, 아니면 원래 그런 걸까요, 아니면 상황 탓일까요.

저는 어쩌면 별건 아니지만 그래도 이루고 싶었던 것을 이뤘는지도 모르겠습니다. 음악을 하고 있어요. 적게나마 들어주는 사람들도 있습니다. 하고 싶은 일로 이해를 받는다는 것이 요즘 같은 세상에 얼마나 운이 좋은 것인지도 알고 있습니다. 그런데 저는 왜 이럴까요. 딱히 나쁜 일이 일어난 것도 아닙니다. 하지만 이 무거운 기분은 왜 존재하는 것일까요. 이젠 좋은 것을 보아도 좋게 느껴지지 않습니다. 대체 어떻게 헤쳐나가야 할까요.

체조를 하세요.
네?
체조를 하십시오. 청소도 하시구요.

나는 몹시 당황했다. 내 표정을 읽고 스님은 차분히 말씀을 이어나갔다.
사람이 행복에 이르는 길은 여러 가지가 있습니다. 여러 가지가 전부 충족되어야 하지요. 하지만 요즘의 우리는 한 가지 밖에 배우지 않아요. 꿈을 이루는 것은 물론 아주 멋진 일이지요. 하지만 그것만으로는 안 됩니다. 스스로를 돌볼줄 알아야 해요. 체조와 청소 같은 것은 단순한 행동으로 삶을 정돈하고 또 조용하게 만드는 것입니다. 그런 에너지를 동반해야만 진정으로 행복해질 수 있습니다.

멋진 음악이나 멋진 글도 물론 좋지만 결정적인 실마리는 결국 힘 빠지게 단순한 것들이었다. 체조같이 우직한 행동으로 에너지를 얻고, 문제의 핵심에 다가갔다가, 다시 멀어져서 그 모양을 제대로 보고, 그걸 다시 반복하는 것. 묘수는 없다. 정말 재미없고 돌이켜보면 별 의미 없는 것 투성이다. 하지만 무엇이 의미 있겠는가. 멋있는 사진을 찍어 올려 부럽다는 소리를 듣는 것보다는 훨씬 의미 있다고 생각한다. 뇌의 막을 걷어내고 확실히 움켜쥐는 것, 그것이 무엇이든.

2015년 3월의 어느 날

정신이 잘 차려지지 않아.
여기가 어디인지 내가 지금 어디에 있는지
퍼뜩 생각이 나지 않아
몇 초는 떠올려봐야 한다.
이런 적은 처음이다.

상담을 하고, 문제가 있다면
치료를 받는 것도 나쁘지 않을지도 모르겠다.

Vanilla
BEAN
NOEL

정 신 과

아주 작은 일도 잘 처리할 수 없게 되었다. 일어나서 해야 할 것, 이 닦기, 밖에 가지고 나갈 것, 핸드폰, 이런 것을 매번 적어두어야 했다. 유치원생보다 못하다. 책상에 앉기까지 일곱 시간이 걸렸다. 외출을 하지 않고 일주일을 작업해 보았지만 글을 반 페이지밖에 쓰지 못했다. 거기에 지금까지 쓴 글이 한심해 보여 참을 수가 없었다.

마감은 이미 몇 개월이나 지났다. 그 사실이 너무 괴로워 친구 L에게 하소연을 하자, 그는 부드럽지만 단호하게 충고해주었다. 마음에 차지 않는다면 마감을 아무리 어기게 된다 해도 내지 말라고, 납득이 갈 때까지 작업하라고. 나는 그의 충고에 따라 모든 작업을 멈추었다. 그리고 정신과에 가기로 했다.
나는 성인 ADHD인 걸까. 무능력한 걸까. 아니면 단순한 어리광 또는 의지 부족일까. 친구 E는 이렇게까지 노력했는데 안 되면 그건 길이 아니지 않냐,고 말했다. 그의 말이 맞을지도 모르겠다.

인터넷에 정신과에 대한 리뷰는 없어서 근처에서 이름이 제일 예쁜 곳으로 정했다. 정형외과, 피부과와 다르게 리뷰를 안 쓰는 마음이 이해가 간다. 아이디를 걸고 말할 수 없는 분야겠지. 과일나무 이름이 들어간 정신과, 병원 이름을 그렇게 짓는 선생님이라면 환자를 좀더 다정하게 보시겠지, 하는 기대를 갖고.
문항이 빽빽한 종이를 받았다. 어떤 병원은 몇백 개의 항목이 있다던데 그렇지는 않았다. 인상적인 질문이 몇 개 있었다.

지금까지의 내 인생이 가치 없다고 느껴진다.

전혀 그렇지 않다 1

별로 그렇지 않다 2

보통이다 3

조금 그렇다 4

매우 그렇다 5

: 매우 그렇다, 5번

하루에도 몇 번씩 자살 충동이 든다.

매우 그렇다 1

조금 그렇다 2

보통이다 3

별로 그렇지 않다 4

전혀 그렇지 않다 5

: 별로 그렇지 않다, 4번

모든 항목을 1 또는 5에 동그라미 치는 것을 막기 위해 '전혀 그렇지 않다'와, '매우 그렇다'의 순서는 종종 바뀌어 있었다. 환자를 가려내는 심리학계의 노하우인 걸까. 요즘은 하루에 몇 번씩 충동이 이는 정도는 아니어서 나 정도 증상은 여기 오는 것이 유난인가 싶다가 내 인생의 가치에 대한 질문에는 깊게 몰입하여 5에 동그라미를 굵게 치고 싶은 기분이었다.

재능이 넘치고 많은 사람에게 사랑을 받고 모자람이 없어 보이는 사람이 목숨을 끊는 경우는 슬프게도 이 행성에 흔한 일이다. 아름다운 사람들이 많이 죽었다. 커트 코베인, 히스 레저, 에이미 와인하우스. 그런 천재들에 비하면 나는 이런 공허를 느낄 자격이 없는데 나는 아쉬울 것도 없는데, 내가 어리석어서 욕심이 많아서, 이러는 거겠지, 하고 깊어가는 혐오.

의사를 만났다. 처음 보는 사람에게 거두절미하고 이런 주제의 이야기를 꺼내야 하는 것이 어색했지만 어쩔 수 없었다. 저는 음악을 하는데, 요즘은 글을 쓰는데, 집중을 할 수가 없고, 애초부터 나는 능력이 없는데 괜히 설친 것 같고, 사람을 만날 수 없고, 작은 스트레스에도 발진이 일어나고, 친구들도 잘 볼 수 없고, 잠을 못 잔 건 몇 년 됐는데 요즘은 오후가 되어도 잠이 안 들어서 약속을 잡을 수도 없고, 주절주절.

필요에 의해 이런 말을 하면서도 스스로가 흔한 징징이로 느껴져서 부끄러움이 일었다. 나가서 비타민 드시고 푹 쉬시고 노력하세요, 유난 그만 떠시구요, 할까봐. 병을 인정받고 싶으면서 병이 없길 바라는 모순된 마음.

선생님은 검사를 하나 더 해보자고 했다. 나는 진료실 옆 작은 방에 갔다. 알 수 없는 기계가 있었고 간호사는 내 팔목과 발목에 그 기계를 연결했다. 그리고 오 분간 움직이지 말라고 했다. 기계는 계속 무언가를 기록했다. 바로 앞엔 큰 창이 나 있었는데 바깥은 완연한 봄이었다. 나뭇잎을 보면 좀 평화롭게 기록되지 않을까 해서 계속 바라보았다. 긴장이 됐는지 발이 미끄러졌다. 아, 이 때문에 결과가 더 스펙터클하게 나오면 어쩌나.

아까 증상을 들을 때는 '그 정도로 씩씩하시면 뭐 괜찮은 것 같은데' 하는 표정이었던 의사는 검사지를 보더니 아이쿠, 하는 표정을 지었다. 그래프가 많은 것을 간단하게 만들어준 것 같다.

교감신경과 부교감신경의 수치가 둘다 너무 낮아서 아까

말한 증상들이 온 것입니다. 잠도 못 자구요, 글도 잘 안 되실 거구요. 이렇게 된 지 오래되신 것 같은데요. 오지은 씨는 지금 정신적으로 탈진을 한 상태구요. 약을 좀 드셔야겠네요.

선생님 사실 제가 근데 아까 실수로 움직였는데 그게 수치에 영향을 좀 주지 않았을까요?
아, 그럼 수치가 높아져서 이거겠네요… 원래는 더 낮다는 뜻이겠네요.

그리고 수면제와 약을 처방받았다. 인생에서 처음 먹게 되는 향정신성의약품이 어떤 종류일까 궁금해서 이름을 물었다. 프로작이라는 말을 듣고 조금 김이 샜다. 너무 기본적인(?) 약이잖아… 내 실망을 눈치챘는지 나온 지 오래된 약이지만 부작용도 적고 끊을 때도 괜찮다고 부연설명을 해주셨다. 나는 뻔뻔하게 성인 ADHD 약을 처방해줄 수 있냐고, 그 가능성은 없냐고 물었지만 의사선생님은 허허 웃으며 단호히 거절했다.

번아웃 신드롬, 탈진증후군, 그것이 내 병명이었다.

탈 진 증 후 군

모두의 백과사전 위키백과의 설명에 따르면 탈진증후군은 이런 병이다.

탈진증후군(脫盡症候群, Burnout Syndrom)은 주로 작업환경에서 쓰이는 장기 피로와 정열 상실(인격 상실 또는 시니시즘)의 심리학 용어이고, 탈진을 뜻하는 영국속어이기도 하다. Burnout(이하 탈진증후군)은 짧은 회복기간을 가진 동안, 일에 너무 많은 노력을 소모한 결과를 뜻하기도 하나, 이것은 특정한 개인의 성질(특히, 노이로제)을 가진 일꾼들이 탈진증후군을 겪는 경향이 있다.

스트레스를 많이 받는 직업은 보통 직업보다 탈진증후군에 빠지게 할 확률이 높다. 택시 운전사, 법 집행위원, 항공 관제사, 음악가, 교사, 변호사, 위험한 직업들과 전문적인 기술을 요구하는 직장인들은 다른 사람보다 탈진증후군에 빠지는 경향이 있다. 특정 생활, 종교 양식을 실천하는 사람들은 탈진증후군에 빠진 비율이 가장 높다. (독일 심리학회 보고서에 따르면, 사십 퍼센트 이상이 탈진증후군을 경험했다.)

병원에 다녀온 날 저녁, 두툼한 약봉지를 들고 친구 S를 만났다. 나 오늘 병원 갔었는데 탈진증후군이라고 하더라. 긍정의 아이콘인 S는 호탕하게 웃으며 말했다. 야, 정신과에서 약 팔려고 별 이름을 다 갖다붙인다. 너 괜찮아. 걱정하지 마. 나는 하나도 기분이 나쁘지 않았다. 오히려 안도감이 들 정도였다. 그래 나도 저렇게 생각했었지. 병이 있다는 것을 인정하는 것만으로 이렇게 마음이 편해질 줄이야.

약을 먹기 시작한 후 즉각적으로 얻게 된 행복은, 원하는 시간에 잘 수 있게 되었다는 것이었다. 밤 열한시에 누워 오전 열한시까지 잠들지도 일어나지도 못하고 어두운 생각만 하는 것은 마음을 갉아먹는다. 아무것도 생산해내지 못하고 시간을 낭비했구나, 오늘 나의 하루는 새벽같이 출근을 하고 새벽같이 귀가를 한 누군가의 하루에 비해 얼마나 무가치한가, 몸을 웅크리게 된다.

수면제를 먹으면 수면의 질이 떨어진다는 얘기가 있지만 원래 내 수면의 질은 낮았다. 매일 컬러로 난처한 상황에 빠지는 꿈을 꾸었다. 다음날 일이 있으면 긴장으로 잠을 못 자고 많은 것을 망치곤 했다. 이젠 그러지 않아도 된다. 불면증이 심하던 시절, 유재하동문회 관련으로 네이버 뮤직과 미팅을 하는 날 점심께에 잠이 들어 결국 한 시간 반을 늦은 적이 있다. 지금도 부끄러워 입안이 쓰다.

프로작은 적어도 삼 주가 지나야 효과가 있다고 했다. 의사는 신중한 사람인지 약을 항상 일주일치만 줘서 나는 매주 병원에 가야 했다. 그가 매번 좀 어떠신가요, 하고 물으면 나는 의자에 앉자마자, 우울합니다,라고 대답했다. 길을 걸으면서, 침대에 누워서, 의자에 앉아서 나도 모르게 혼잣말로 우울해, 너무 우울해라는 말이 튀어나왔기 때문이다. 숨차, 목말라, 배고파, 아파,처럼 우울해 우울해라는 말이 불쑥 튀어나왔다. 선생님은 계속 음… 일주일 더 먹어봅시다, 라고 말했고 나는 초조해졌다.

나는 의문을 품은 채 매일 약을 먹어보았다. 일어나자마자 먹어야 하는 약이라 병원에서는 위장약을 같이 넣어줬는데 가끔 밥을 먹은 후에는 필요 없을 것 같아 위장약(이라고 내가 생각하던) 캡슐을 빼고 먹었다. 계속 효과가 없자 선생님은 용량을 올려보자고 말했다. 새로 받은 약봉지에는 내가 가끔 버리던 그 캡슐이 두 개 들어 있었다. 캡슐이 프로작이고 알약이 위장약이었구나.

오싹했지만 사실을 밝힐 용기가 없어 나만 알기로 하고 넘어갔다. 이후 착실히 확실히 캡슐을 먹었다. 작업을 하러 나가는 여행이 아닌, 진짜 관광 여행도 다녀왔다. 이렇게 좋은 것이 있나. 수면제 없이 잘 수 있는 밤도 있었다. 정량대로 먹은 약도 효과가 있는지 나는 이상한 혼잣말을 점차 하지 않게 되었다. 인간이란 이렇게 간단한 것인가, 교감신경과 부교감신경의 수치를 맞춰주고, 잠이 오지 않을 때 수면제를 먹으면 되는 것인가. 철분이 모자라면 철분 약을 먹는 것처럼. 왜 진작 약을 먹지 않았나 싶을 정도였다.

효과가 있는 것 같다고, 자학을 덜 하게 되었고 글도 조금씩 읽고 쓸 수 있게 되었다고 말하자, 의사는 약이 듣기 시작한 것 같다며 오히려 용량을 더 늘렸다. 이해할 수 없는 심리학계의 패턴. 어느 날 의사는 낫고 싶으면 창작을 관둬야 한다고 단언하여 나와 한참을 옥신각신했다.

오지은 씨는 새로운 걸 만들지 않아야 병이 낫습니다. 저는 창작을 하는 사람인데요. 어떻게 그러나요. 흠… 그럼 이제까지 해둔 걸 고치기만 하세요. 그냥 끝을 내세요. 아니 어떻게 그러나요. 지금 이 얘기도 써야 하는데요. 그럼 이것만 쓰세요.

탈진증후군인 사람들의 특징 중에 끝을 낼 수 없다는 점이 있다. 만족을 하지 못하여 계속 엎고, 엎고, 더욱 탈진하는 것이다. 뜨끔했다. 다르게 말하면 분수를 알라는 것이다. 위만 바라보는 것은 언제나 옳은 일은 아니다. 나는 냉정해져 고개를 숙이기 시작했다.

나는 작은 냄비, 물은 전부 증발되었다. 가스불을 꺼야 한다. 이미 타버린 부분은 찬물을 부어서 불려두고 천천히 지워봐야지. 자국이 남을 수도 있지만 어쩔 수 없다.
그런 와중에 냄비를 두 개나 태워먹었다. 약 부작용이 아닌가 하고 선생님한테 물었다가 괜히 한소리 들었다.

2015년 5월의 어느 날

사 일만에 외출을 했다.

날씨가 좋다는 말만 많이 들었는데

오래 그리워할 봄 날씨 봄 공기였다.

좋아하는 사람들을 짧게짧게 많이 만나고

명약이라도 먹은 듯 에너지가 생겨서

일 년내내 엉망이었던 현관도 정리하고 말린 꽃도 꽂고

찬밥으로 누룽지도 만들고 밤에 출출해서 밀크티도 만들어 마시고

무엇보다 오늘의 가장 큰 행운은

태워서 못 쓰게 된 줄 알았던 냄비가 다시 말짱해진 것이다.

일 년 중 흔치 않은

긍정적인 날이라 일기로 남긴다.

2015년 5월의 다른 어느 날

얼마 전 병원에서 한동안 창작을 하지 말라는 진단을 듣고
그럴 수는 없다고 진료실에서 언성을 높였다.

인대에 대해서 생각한다.
발목 인대가 늘어나거나 끊어지면
인대가 절대 움직이지 않도록 나무판을 덧대거나 깁스를 한다.
나는 무리를 하면 종종 턱이 빠지는데 병원에서 방법이 없다고
했다.
그냥 빠지지 않도록 하품을 할 때 조심하고
딱딱한 것을 먹지 말라고, 평생.
빠지 않도록 잘 잡아주는 강인한 발목 인대
빠지지 않도록 잘 잡아주는 강인한 턱 인대

-를 노력으로 가질 수 있다고 생각하는 것은
오만함 또는 어리석음일지도 모르겠다.

마음에도 인대 같은 것이 있다면
아니 뇌에도 지쳐서 자꾸 멈추는 부위가 있다면
한동안 거길 사용하지 않고 회복하도록 두는 것이
맞을지도 모르겠다.

할 만큼 했다는 마음과
아직 멀었다는 마음이 싸우고 있지만
받아들여야 하는 것들을
받아들이는 것도 중요하니까
여기서 멈춘다.

4장

창작과 소비

음악과 글

음악은 헤엄 같아요.

차가운 물속에서

중력의 영역에서 벗어나 움직입니다.

공기와 물, 세상과 자아의 경계에서 허우적거리다보면

노래가 생겨납니다.

먼 곳의 빛은

멀리 있기에 더 아름다워 보이는 것이겠지요.

글은 잠수.

얼마나 오래 숨을 참을 수 있는지,

얼마나 깊이 들어갈 수 있는지가 중요합니다.

깊은 곳에서만 캘 수 있는 무언가를 위해서

묵묵히 잠수 또 잠수,
하늘하늘 수영을 할 때와는 다른
체력과 끈기가 필요합니다.

잠수 같은 음악, 헤엄 같은 글쓰기도 많겠죠.
어디까지나 제 경우입니다.

차가운 밤바다에서 감겨오는 물을 느끼며
하늘을 바라보는 것.
불길해 보이는 구름,
신경질적인 달,
뿌연 별,
그런 음악.

빛도 들어오지 않는
깊고 컴컴한 곳에서
비로소 밝혀지는 마음,
그런 글.

그런 음악과 글.

"'무언가를 창조해내는 과정은 내게 늘 고통을 안겨줬다. 나는 내가 할 수 있는 것보다 늘 더 많은 것을 자신에게 요구해왔다. 그런 태도는 만성적인 불만족을 유발했다. 나는 어느 순간부터 내가 하는 모든 것들이 개똥 같다고 생각하게 됐다.'

작품을 거듭할수록 지쳐가던 이 예술가에게 언제부턴가 또 다른 자아를 가진 목소리가 들려오기 시작했고, 이냐리투는 스스로 그 목소리를 '심판관'(The Inquisitor)이라 부르게 되었다.

'내가 어떤 생각을 하든 그 목소리는 마치 내가 지옥 불에라도 떨어질 것처럼 느끼게 만들었다. 나는 지난 오 년 동안 명상을 해왔고, 나의 인생 내내 날 괴롭혀온 이 목소리의 존재를 깨닫게 되었다. 그것을 깨닫는 과정이 바로 이 영화의 출발점이 됐다. 우리 모두는 자신만의 '심판관'을 두고 있다.'
알레한드로 곤살레스 이냐리투는 언젠가 〈버드맨〉이 자기 자신의 가장 '아름다운 부분'으로부터 비롯됐다고 말한 적이 있다. 그가 말하는 '아름다운 부분'이란 '솔직함'과 '무언가에 굴복하는 태도'라고 한다."

–〈씨네 21〉 기사 중

이런 사람도 개똥의 스파이럴에 빠진다 생각하면 위로가 된다. 하지만 여기에서 빠져나오기 위해 오 년간 명상을 했다는 대목을 읽으면 고스란히 다시 기운이 빠진다.
당신 같은 사람이 오 년이나 명상을 해서 해결한 걸, 나 같은 미물이 일 년 정도 천장 보고 누워 있는 걸로 해결할 수 있을 리가 없지 않은가. 단 하나 위로가 되는 것은 솔직함과 굴복이 가장 아름다운 부분이라는 것. 구체적으로 어떻게 해야 저기서 창을 겨누고 있는 나의 심판관을 피할 수 있을지는 모르겠지만.

이 직업은 과장되게 이야기하자면 하루종일 누워 있어도 직업인으로서 살아갈 수 있다. 누워서 곡에 대해 생각하고 누워서 가사를 쓰고 누워서 멜로디를 떠올릴 수도 있으니까. 물론 그렇게 하는 음악인은 극히 드물 것이고 실제로 그렇게 하면 상당히 불편하겠지만 그래도 때에 따라선 얼마든지 늘어질 수 있는 것은 사실이다. 정신을 똑바로 차리지 않으면 정말 낙지처럼 늘어져버리고 만다. 힘든 작업이나 공연 이후에 푹 늘어져버리는 기간엔 근육 손실이 정말 하루가 다르게 느껴진다.

무대에서는 초인적인 힘이 정말로 발휘될 때가 있다. 직전까지 골골거리다가 세 시간짜리 공연을 거뜬히 하고 내려오기도 한다. 물론 후폭풍이 있다. 나는 공연 뒤풀이 때엔 거의 누워 있었고, 그 다음날은 잇몸이 헐거워지고 턱이 턱 턱 빠졌다. 멋있게 얘기해보면 흑마술로 뭔가를 소환한 후의 주술사같이 텅 비어버렸다 할 수 있고, 멋없게 얘기하면 그냥 폐인이다.
갈수록 너무 힘이 들어서 이건 안 되겠다 싶어 다른 뮤지션들에게 넌지시 물어보니 어렵쇼, 나 빼고 전원이 운동을 하고 있지 않은가. 심지어 젓가락 드는 것 외엔 별 운동을 하지 않을 것 같은 이미지의 L선배가 "네? 운동을 안 한다고요? 어떻게 버티시려고 그럽니까???"라고 했을 땐 몰래 배신감이 들 정도였다. 다들 어디서 나 모르게 체력을 단련하고 있었던 거지. 설마 데미안 라이스도, 라디오헤드의 톰 요크도 어디선가 스쿼트를 하고 있단 말인가.

애당초 나는 왜 운동과 거리가 멀었을까. 밝은 햇살을 느끼며, 자 이제 건강해지자! 하고 결심하는 자아가 왜 내면에 없었을까. 자주 쓰던 표현 중에 '응달의 고사리'라는 말이 있었는데, 그렇게 응달에서 고사리처럼 구부러져 이것저것 꾸벅꾸벅 고민하는 것이 나의 일이라고 생각했던 것 같다. 구십 년대 락에 너무 영향을 받은 탓도 있을지 모른다. 술과 약에 절어서 널브러져 있다가 무대에서 혼을 폭발시키던 사람들, 그중 그 모습 그대로 일찍 죽은 사람도 있고, 요즘도 멋지게 활동하는 사람도 있다. 그래 당시의 커트 코베인은 절대 스쿼트 같은 건 안 했을 거야. 하지만 현재의 에디 베더는 스쿼트를 하루에 백 개씩 하겠지.

아, 예술에는 체력이 필요한 것이었다. 그것도 아주 많이, 나이가 들수록 점점 더.

우리집은 한강 근처여서 먼저 예쁜 운동화를 사서 한강을 뛰는 것을 상상해보았다. 그리고 그것을 실천에 옮기는 것은 참으로 어렵다는 사실을 깨달았다. 더워서, 추워서, 날이 너무 맑아서, 흐려서, 비가 와서, 어두워서, 너무 한낮이어서, 동선이 애매해서, 왠지 부끄러워서, 옷이 마땅치 않아서, 현재의 나에겐 너무 고난이도여서 등등, 쓰고보니 밑바닥을 드러내는 것 같아 부끄럽다.

그다음은 뻔하다. 헬스클럽 등록이다. 나름 엄청난 리서치를 하여 이십사 시간인(시간 핑계를 대지 않게) 여성전용(좀더 편하게 다니기 위하여)의 도보 오 분이내(게으른 나에게 변명거리를 주지 않기 위해)에 위치한 헬스클럽에 등록을 했다. 복장도 갖추었다.

첫날, 기세에 눌려 돌아왔다. 작은 공간에 빽빽이 들어서 있는 기구들, 모두가 결연한 표정으로 숨을 몰아쉬고 있었다. 이런 곳이 처음이라 머쓱하기도 하고 해서 눈치를 보며 이 기구 저 기구 깔짝거리다 옆 사람 기에 눌려 자꾸 내려왔다. 지고 싶지 않아서 귀에 이어폰을 꽂고 판테라를 틀고 마구 달렸다. 기진맥진해 돌아와 다시는 그곳에 가지 않았다.

어느 날 심한 어깨 통증이 시작되어서 처음에는 거북목이나 디스크 증상인 줄 알았는데 알고 보니 근막통증이라는 병이었다. 특별한 이유 없이 신경을 많이 쓰면 오는 병이라고 한다. 오백 페이지짜리 소설이라도 쓰는 중이었다면 덜 부끄러웠을 텐데. 내 주제에. 병은 결과물과 상관없이 공평하게 오는 것이었다. 아픈 날은 고통에 잠도 못 잘 지경이어서 나는 살기 위해 운동을 시작해야만 했다.

과연 이십일 세기. 유튜브는 위대했다. 증상을 영어로 넣으면 적절한 운동 동영상이 주루룩 떴다. 몇 개를 골라서 집에서 시간이 날 때마다 반복하였다. 한 독일 여성이 설명해주는 요가 영상들이 도움이 되었다. 실용적이고 엄격하면서 다정했다. 병원치료와 요가로 통증은 점차 가라앉았다.

의외로 낙관적인 나는 '이 통증은 앞으로의 내 인생을 운동과 함께 바르고 곧은 자세로 보내라는 뜻이구나' 하는 결론을 내렸고, 처음으로 운동에 본격적으로 눈을 떴다.

그리고 당연한 수순으로 기구를 샀다. (아, 또 부끄러운 얘기.) 케틀벨, 짐볼, 필라테스 밴드 등등… 케틀벨이라고 하는 물건은 상당히 무거워서 배달해주시는 택배기사님이 물건을 건네며, 있는 힘껏 날 째려보고 가셨다. 이런 물건은 가게에서 직접 사와야 하는 것이구나, 깊게 반성했다.

그리고 그다음 시도한 것은 요즘 화제가 된 '간헐적 운동'이라는 것이었다. 유명한 블로그에 가보니 아예 근력이 없는 초보를 위한 운동이 몇 가지 있었다. 팔벌려뛰기 이십 회, 스쿼트 이십 회, 또 팔벌려뛰기 이십 회, 런지 이십 회, 또 팔벌려뛰기 이십 회, 플랭크, 또 팔벌려뛰기 이십 회, 누워서 발구르기 이십 회, 이 루틴을 세 세트 반복하는 것이었다. 나는 운동계의 낫 놓고 기역 자도 모르는 사람이라 일단 한 세트를 해보았다. 땀이 비 오듯 났다. 이것이 바로 운동이구나. 십 분도 채 걸리지 않으니 샤워하러 가기 전에 잠깐만 고생하자고 생각하면 그리 어려운 일도 아닌 것 같았다. 그래 이건 계속할 수 있겠어.

그런 와중에 얼씨구, 심지어 발레도 시작했다. 〈댄싱9〉이라는 프로그램을 할 때마다 댄스 스튜디오에 등록하고 싶은 충동에 시달리는 나는 〈댄싱9〉 시즌 투가 시작되고 다시 바람이 들었다. 나의 어이없는 점은 끈기가 없는 주제에 기본은 튼튼하게 다져야 한다는 생각에 항상 진지한 곳에 간다는 것이다. 차라리 덜 진지하고 재미있는 곳에 간다면 더 오래 다닐 수 있을지도 모르는데. 진지한 곳에 간 덕에 나를 제외한 많은 사람들은 생초보반임에도 불구하고 레오타드에 발레스커트까지 착용하고 있었고 빙글빙글 턴도 예사였다. 그 사이에서 뻣뻣한 몸으로 생소한 발레 용어와 발레 동작에 허둥대는 나.

이후 어떻게 되었을 것이라 생각하는가.
정답, 요가는 하지 않은지 오래, 짐볼이네 뭐네, 하는 것들은 전부 도착한 그대로 거실에 모셔져 있다. 간헐적 운동은 왕초보자용 영상만을 몇 번 반복하다가 말았다. 발레는 한 달에 다섯 번 가는 티켓을 끊었는데 구멍은 세 개만 뚫린 채로 기한 만료. 시험에서 이십 점을 맞던 아이가 잠시 공부를 해서 삼십 점으로 올랐는데 다시 이십 점으로 떨어진 흔한 스토리. 왠지 살도 더 찐 것 같다. 잠깐 운동하던 시절에 밥맛이 무지막지하게 돌았기 때문이다. 아, 인생이여.

하지만 믿음직한 직업인이 되기 위해서는 응달의 고사리라도 땀을 흘릴 필요가 있다는 사실 하나는 확실히 알았다. 세상 불행을 다 짊어지고 널브러져 있다가 떠오른 감상으로 창작을 하는 예술가가 아닌, 스쿼트도 하고 런지도 하고 플랭크도 하면서 진득하게 부싯돌로 불붙이듯 노력하며 창작하는 사람으로 인생의 항로를 틀어야 한다는 것도 알았다. 아는 것과 행하는 것의 거리는 몹시 멀어서 그렇게 될 거라 단언할 수는 없지만, 좌우지간 지도는 바꿔들었다.

안녕, 구십 년대의 영웅들이여. 나는 기꺼이 지루하고 착실한 사람이 되어가겠습니다.
다음주부터.

무 라 카 미 하 루 키 의 악 담

"젊었을 때 뛰어나게 아름답고 힘이 있는 작품을 썼던 작가가 어느 연령대에 접어들자 급격하게 피폐해져 가는 일이 있다. '문학적 조루'라는 말이 딱 들어맞는 것처럼 독특한 피로 현상을 보인다. 쓰는 것은 여전히 아름다울지도 모른다. 또 그 문학적 위축 현상을 겪는 작가에게는 나름의 정취가 있을지도 모른다, 그러나 그 창작 에너지가 감퇴하고 있는 것은 누가 봐도 확실하다. (중략) 그뒤는 그때까지 키워왔던 테크닉과 방법을 잘 활용하고 남은 열정 같은 것을 이용해 작품을 형태를 그냥 마무리해갈 수밖에 없다. 그것은 아무리 조심스럽게 표현해도 결코 즐거운 인생의 여정일 수는 없다. 사람에 따라서는 그 자리에서 자신의 목숨을 끊어버리는 경우도 있다. 또는 깨끗이 창작을 단념하고 다른 길을 찾아가는 사람들도 있다."

-무라카미 하루키, 〈달리기를 말할 때 내가 하고 싶은 이야기〉 중

운좋게도 목숨을 끊거나 창작을 단념하지 않게 되어도 앞으로 놓여 있는 길은 결코 즐겁지 않다고 하루키 선생이 이렇게 또박또박 말하고 있는데, 내가 우울해지지 않고 배기겠습니까.

미 스 터 　 무 라 카 미

당신은 무라카미 하루키를 좋아하십니까?
지금까지의 나의 데이터를 바탕으로, 그리고 반 장난으로, 답 패턴을 추측해보겠다.

네!
하고 밝게 대답한 당신은 소수의, 무라카미 하루키가 너무 좋고 그것을 남에게 확 드러낼 수 있을 정도로 티 없는 성격을 가진 사람.

예전엔 좋아했는데 지금은 뭐…
라고 대답하는 당신은 아마도 다수에 해당하는 보통의 현대인, 약간의 쿨병이 있을지도 모르는?

맨날 섹스 얘기나 하고 별로야! 대체 왜 유명한지 모르겠어! 라고 하는 당신은 한두 개 정도 읽어보고 말았을지도 모르겠고.

싫어합니다,
하고 단호하게 이야기한다면 오, 조근조근 이유를 들어보고 싶군요.

표준 대답이 있을 리 없지만, 내가 생각하는 현대인의 안전한 대답은 이것이다. '아 네, 무라카미 하루키요. 가끔 읽기도 하고 그러네요' 하면서 알 수 없는 미소를 싱긋.

의미 없는 통계는 이쯤 하고 나의 경우는 어떤가하면….
말하기 조금 민망하지만 어릴 때 일본어를 공부했던 이유 중 하나가 〈1973년의 핀볼〉의 한 장면을 원문으로 읽고 싶어서였다. 특히 두 사람이 마주 앉아 커튼과 테이블보를 만지작거리는 장면. 참 아름답다고 생각했다. 번역으로도 이렇게 좋은데 원문은 얼마나 더 좋을까. 언젠가 일본어를 잘하게 되면 읽어보리라. 그리고 일본어 공부를 시작하고, 일본에서 살게 되고 그 장면을 좋아했다는 사실은 아주 깊숙한 서랍에 들어가버렸다.

얼마 전 서점에 갔다가 갑자기 그 사실이 떠올랐다. 문고본을 샀다. 서둘러 그 장면부터 찾았다. 이런 느낌이구나. 뉘앙스가 다르구나. 남자가 좀더 멋내는 말투인가. 큰 감흥이 없었다. 덮고 금세 잊었다. 로망이란 것들이 들춰내고 나면 이렇다.
신작은 별로 읽어보지 못했다. 나의 게으름 탓이다. 좋아하는 작품이나 작가를 꼽을 때 들어가진 않지만 그래도 훌륭한 작가라고 생각한다. 주절주절 말했지만 결국 위의 대답에서 두번째에 해당하는 사람이었네.

창작의 영감은 대부분 허공에서 뚝 떨어지는 것이 아니고 뇌의 준비운동 시간에 많이 온다고 생각한다. 중요한 시합 전에 몸을 푸는 것 같다. 음악의 경우에는 다른 뮤지션의 음악을 듣거나, 유튜브를 뒤져보거나 할 때, 너무 잘된 것을 만났을 때 자극이 되어 활성화되기도 하고, 오히려 기가 꺾이기도 하고, 반대로 너무 별로인 것 앞에선 용기가 솟아올라 호랑이 기운으로 작업에 임하게 되기도 한다. 실제로 별로라기보다 내가 멋대로 그렇게 느끼는 것이지만.

음악의 경우엔 조금 요령이 있다. 십 년 동안 나라는 선수를 굴리는 방법을 조금은 터득했다. 가끔은 혹독하게. 가끔은 너그럽게. 하지만 하루종일 글을 쓰는 사람으로 지내면서 나는 생초보가 되었다. 머리로는 알고 있다. 그냥 열심히 하고, 쉴 때 잘 쉬고, 다시 열심히 하면 된다는 것. 하지만 우리가 머리로 아는 것을 행하는 삶을 살 수 있다면 우리 모두 체지방 십이 퍼센트, 엑스스몰 사이즈를 입는 네 개 국어에 능통한 사람이 되었겠지. 그렇지 못한 나는 엔진이 후진 자동차처럼 자꾸 시동이 꺼졌다. 그럴 때마다 막막한 마음으로 닥치는 대로 책을 읽었다. 그런데 어라라, 무라카미 하루키 선생의 책에 힌트가 상당히 많은 것이다.

우선 그의 여행 에세이 〈먼 북소리〉의 서문을 읽고 나는 녹다운이 되었다. 이 책의 1부에서 전하고 싶었던 말의 거의 전부가 단 몇 페이지에 적혀 있었다. 그것도 서문에! 청춘이 끝나고 마흔이라는 나이를 앞에 두고 느끼는 복잡한 마음, 그래서 외국에 나갈 수밖에 없었던 것, 그리고 그것을 어디선가 울린 먼 북소리라고 표현한 것, 간단치 않은 이야기를 간단하게, 그리고 명료하고 솔직하고 깊고 설득력 있게 척척척, 잘도 적어두었더라.

이 책을 처음 읽은 고등학교 이학년 때 이런 감정을 이해할 수 있을 리가 없었다. 그냥 외국 나가서 살고 싶었다는 말을 왜 이렇게 비장하게 오버스럽게 해? 하고 생각하고 여행기치곤 지루하고 별 재미없네, 하면서 책장을 팔랑팔랑 넘겼던 것 같다. 당시 읽고 있었던 무라카미 류 소설의 주인공들은 콘돔에 코카인을 넣어 삼키고 비행기의 이코노미석에서 메슥거림을 참고 있었기 때문이다. 그쪽이 훨씬 흥미진진했다.
하지만 지금의 나는 그 글을 읽으면서 입안이 쓰게 느껴질 정도로 절절히 공감을 했다. 고작 서문에 말이다. 그리고 본문은 위로의 연속이었다. 과거의 나를 허락받은 기분이었고, 현재의 나를 위로받은 기분이었고, 미래의 내가 겪을 막막함을 미리 건네받은 기분이었다. 만천팔백 원, 오백 페이지짜리 책에서 나는 많은 것을 받았다.

하지만 그다음 읽은 〈무라카미 라디오〉, 젊은 여성들이 주로 보는 패션지 〈앙앙〉에 연재되던 탓인지 '종잇장처럼 가벼워, 하지만 그래서 나는 진정 멋진 아저씨지' 하는 미스터 무라카미의 쿨병이 페이지마다 퍼져 있다(고 생각한다). 그런 마음에 공감할 리 없는 사람들은 깊이가 없다며 흥! 무시할 것이고 사실 나도 읽으면서 콧김이 몇 번 나왔다. 그래 이거였지. 내가 발견했던 무라카미 하루키의 약점. 이 아저씨에게 존경하는 작가의 훈장을 달아줄 수 없다고 생각했던 이유.

갑자기 고백을 하나 하겠다. 어릴 때의 나는 박수를 짝! 치며 책을 내려놓았던 적이 몇 번 있다. 저자가 약점을 드러내는 순간에 왠지 이죽거리며 웃게 되는 것이었다. 너도 완벽하진 않구나? 하고. 자신의 감정에 지나치게 빠져 있다거나, 합리화를 한다거나, 인간적으로 얄미워 보인다거나, 그런 낌새를 채면 그 순간 무언가를 증명한 듯한 착각에 빠졌다. 이렇게 부끄러운 얘기를 하다니, 이 사람은 이런 점이 별로군 (그리고 그걸 잡아낸 나는 별로가 아니군) 하며 짝, 하고 손바닥을 치고 약간의 우월감과 안도감을 느꼈던 것이다. 나 자신이 현무암처럼 구멍이 숭숭 뚫려 있는 것도 모르고 말이다.

방에 틀어박혀 일 년간 같은 부분을 고치고 새로 쓰고를 반복하고 보니 이런 생각이 드는 것이다. 무라카미 하루키가 파스타를 삶는 것에 대해 지나치게 자주, 자세하게 말하는 것은, 거기서 왠지 희미한 잘난 척의 냄새가 느껴지는 것은, 난처한 문제에서 요리조리 빠져나가는 얄미운 아저씨의 말투를 쓰는 것은, 혹시 긴 인생, 무지막지하게 무서운 창작의 바다에서 휩쓸려 내려가지 않으려는 작은 몸부림이 아닐까. 그런 잔재미로 잠시 숨을 쉬고 다시 묵묵히 깊은 곳으로 들어가기를 반복하는 것은 아닐까.

그는 깊고도 넓은, 큰 울림이 있는 동굴을 팠다. 그리고 지금도 파고 있다. 공감하든 하지 않든, 그것은 명백한 사실이다. 내가 입구를 찾아내지 못하고 에이, 그냥 평평한 땅이네 하고 폄하해도, 저 아저씨는 물장구나 치는 아저씨야, 하고 비웃어도 그 동굴은 존재하고 있다. 운이 좋으면 오 년이 지나고 십 년이 지난 어느 순간 입구를 발견해서 동굴 속에서 큰 공명을 느끼게 될 수도 있다. 운이 좋다면 말이다. 나는 그에게 화살을 쏠 것이 아니었다. 그럴 시간에 동굴의 입구를 생각하는 것이 옳았다. 그리고 그 화살들은 어차피 과녁 근처에도 가지 못했다.
〈먼 북소리〉에서 하루키는 장편 소설을 쓸 때 죽음을 생각한다고 했다. 이 책을 완성시킬 때까지는 절대 죽으면 안 된다는 생각을 매일 한다고 하는데, 어릴 때의 나라면 글

하나 쓰는데 무슨 비장함인가 싶었겠지. 그런데 생각해보니 그것은 내가 앨범을 만들 때마다 하던 생각이다. 아직 하고 싶은 이야기가 있는데, 아직 전해야 할 것이 있는데, 이걸 전부 쏟아내놓기 전에는 절대 죽을 수 없지, 하고 매일매일 생각해왔다. 길을 건널 때마다, 심지어 비행기가 이륙을 할 때마다 '지금 죽으면 안 되는데' 하고 생각했다. 어딘가 부끄러워 혼자만 생각하던 것이다. 역시 누군가는 '왠 비장함?'이라고 생각할지 모르겠다. 열여덟 살의 나처럼. 하지만 서른다섯 살의 누군가가 공감을 해준다면 그걸로 됐다.

별로 좋아하지도 않는 작가를 위해 이렇게 뜨거운 글을 쓰다니.
역시 좀 좋아하나 보네. 어휴!

스티븐 킹 선생의 악담

"여러분이 죽어라고 열심히 노력하기가 귀찮다면 좋은 글을 쓰고 싶다고 말할 자격이 없다. 차라리 제법 괜찮은 수준에서 만족하면서 그나마 그것도 다행으로 여기도록 하라. 뮤즈는 분명히 존재하지만 그(전통적으로 뮤즈는 여신이라고 하는데 왠지 나의 뮤즈는 남자이다. 아쉽지만 어쩔 수 없는 노릇이다)가 여러분의 집필실에 너울너울 날아들어 여러분의 타자기나 컴퓨터에 창작을 도와주는 마법의 가루를 뿌려주는 일은 절대로 없다. 뮤즈는 땅에서 지낸다. 그는 지하실에서 살고 있다. 그러므로 오히려 여러분이 뮤즈가 있는 곳으로 내려가야 한다. 그리고 내려간 김에 그의 거처를 잘 마련해줘야 한다. 다시 말해서 낑낑거리는 힘겨운 노동은 모두 여러분의 몫이라는 것이다." -스티븐 킹, 〈유혹하는 글쓰기〉 중

고등학교 때였나, 동네 햄버거집에서 버거를 먹고 있는데, 당시 인기가 아주 높았던 지누션이 가게에 들어와서 버거를 먹고 갔다. 당연히 분위기는 난리였다. 서울깍쟁이들이라 대놓고 환호를 보내지는 않았어도 모두 볼을 붉히며 사인을 받으려고 하거나 힐끔힐끔 쳐다보았다. 나도 그중 한 명이었다. 줄을 서서 사인도 받았던 것 같다. 단지 이동중에 버거가 먹고 싶을 뿐이었을 텐데, 지금 생각해보면 지누션도 딱하다.

내 기억에 선명하게 남아 있는 것은 멋있었던 지누션의 모습이 아닌 지누션이 식사를 마치고 문을 나서자마자 급변한 공기였다. 나와 내 집단은 무슨 이유인지는 알 수 없지만 지누션의 험담을 하기 시작했다. 야 파운데이션 두꺼운 거 봤어? 긁으면 긁히겠더라? 키가 생각보다 작던데? 야 머리 열라 커.

아까의 달뜬 기분과 균형이라도 맞추려는 듯 맹렬히 독설을 뱉었고 그건 우리를 조금 우쭐하게 만들어주었던 것 같다. 웃긴 건 난 지누션을 좋아했다는 것이다. 집에 카세트테이프도 있었다. 그런데 받았던 사인은 그날 밤 바로 사라졌다. 그래서 난 누군가가 사인을 해달라고 할 때는 돌아서자마자 버려질 것을 생각하면서 내 이름을 쓰곤 한다.

존경하는 여성이자, 훌륭한 각본가이자 작가이자 감독인 노라 에프런의 책 〈철들면 버려야 할 판타지에 대하여〉에 이런 에피소드가 있다. 당시 〈에스콰이어〉지의 에디터였던 노라 에프런은 유명한 작가 릴리언 헬먼을 만나고 그녀에게 흠뻑 빠진다. 그리고 운좋게도 그녀와 친구가 되지만, 슬프게도 시간이 지나자 그녀가 점점 번거로워진다. 더이상 매력적이지 않은 이 관계에서 빠져나올 사소한 핑계를 찾아내고 둘의 관계는 끝이 난다. 그것에 대해 노라 에프런은 말미에 이렇게 적어두었다.

"진실은, 이런 종류의 로맨스가 끝장날 때에는 어떤 변명이든 늘어놓게 된다는 것이다. 세부사항들만 조금 다를 뿐 이런 이야기는 항상 똑같이 진행된다. 젊은 여성이 나이든 여성을 우상화한다. 젊은 여성이 나이든 여성을 따라다닌다. 나이든 여성이 젊은 여성을 받아들여준다. 젊은 여성은 나이든 여성이 그저 인간에 불과했음을 깨닫는다. (중략) 세월이 흐른다. 젊은 여성이 나이가 든다. 그리고 로맨스가 그렇게 끝장난 것에 대해서만큼은 사과하고 싶어지는 순간을 맞는다. 지금 쓰는 글은 바로 그런 종류의 사과문이다."

노라 에프런과 릴리언 헬먼의 매력적이었던 우정과 지누션과 내가 파파이스에서 공유한 몇 분을 동일시하고 싶은 마음은 없다. 흥미로웠던 부분은 그녀가 동경이 환멸로 바뀌는 과정을 아주 적나라하게 적어두었다는 것이다. 나는 처음으로 당시 나의 옹졸했던 행동을 이해할 수 있게 되었다. 그리고 내가 가지고 있던 강박도.

그 몇 분은 나에게 의외로 큰 영향을 끼친 것 같다. 내가 이런 직업을 택해서 아마 더더욱. 나는 나에 대한 동경을 믿지 않는다. 누가 나를 좋아한다고 해도 그건 찰나의 진실이지 일 분만 지나도 어떻게 바뀔지 모르는 것이라고 생각한다. 거기서 멈추면 될 텐데 그만 더 꼬여버려서 '그럼 환상을 만들지 않으면 되는 것 아닌가. 처음의 눈부심만큼 실망이 들어찬다면 눈부시지 않으면 될 것 아냐' 하는 지경까지 이르렀다. 지금 생각해보면 실물이 아닌 무언가를 파는 주제에 꽤나 건방진 생각이었다.

동경이란 무엇일까. 환상이란 무엇일까. 사랑이란 무엇일까.
불일치, 몰이해에서 오는 사랑은 무슨 의미가 있을까.
그런 달큼한 공기가 음악 비즈니스의 대부분을 차지한다면
그렇다면 나는 차라리 맨얼굴을 드러내야지.

이렇게 생각해온 나는 당연한 이야기지만 상처를 입을 일이 많았다. 맨얼굴에는 대가가 따르는 것이다. 하지만 나는 변해버린 사람 앞에서는 역시 변할 마음이었다며, 내심 이죽거렸다.
어차피 사라질 동경이라면 애초에 생기지도 말아라, 어차피 사라질 사랑이라면 애초에 생기지도 말아라, 날 나중에 싫어하게 될 거라면 좋아하지도 말아라,

라는 마음은 결국 어리광이었는데. 다르게 말하면
변하지 않는 사랑을 주세요,
라는 아이 같은 마음.
흔한 패턴에는 나름의 의미가 있다. 타인에게 환상을 가지게 하려는 인류의 노력에도 당연히 타당한 이유가 있었다. 그리고 나는 그것을 조금 늦게 깨달은 것 같다.

부끄럽지만 이십대 초반에 자주 하던 말이 있다. 일층에서 떨어지면 발만 접지르고 끝나겠지만 십층에서 떨어지면 목숨을 잃으니까, 날 십층까지 올리지 말아달라고. 지금은 십층을 유지하려는 마음이 정성이고 사랑임을 알겠다. 비록 오래 가지 않는다 해도.

나는 지누션을 좋아했고, 노라도 릴리언을 좋아했다. 그걸로 된 거다.

나의 음악을 듣는 당신께

당신은 사랑을 하고 이별을 하고, 잊고 받아들이고
때로는 기억을 왜곡하고, 묻고 나아가고
그 과정에서 음악을 어쩌면 나의 음악을 사용할 것이다.

당신은 달라질 것이다. 그래야 하니까.
음악도 언젠가부터 다르게 들릴 것이다.
가장 당신을 뜨겁게 위로해줬던 노래가
말도 안 되게 유치하게 들릴 수도 있다.
당신은 다음 단계에 접어들었기 때문이다.

그때가 온다면 나를
사뿐히 즈려밟고 가시옵소서.

하 면 안 되 는 것 들 에 대 하 여

리스트가 늘어만 간다.
예를 들어,

남을 취하게 할 수 있는 것을 만들되
자신에게 취하면 안 된다.

군더더기가 없어야 하지만
재미있어야 한다.

솔직해야 하지만
민폐이면 안 된다.

슬픔을 바라봐야 하지만
자기 연민이 섞이면 안 된다.

새로운 것을 해야 하지만
기존의 것도 지켜야 한다.

따뜻한 마음으로 살되
거리를 잘 지켜야 한다.

한때 가득차 있던
'해야 하는 것들' 리스트에는 이제

내일 병원가기.
우유 사놓기.
마감.

이런 것밖에 없다.

한 계 에　대 하 여

한계라는 단어에는 죄가 없다. 그런데 어쩐지 부정적인 느낌이 있다.
한계를 느끼다, 한계를 짓다, 등등. 기쁨을 느끼다,는 의심의 여지없이 긍정적인 문장인데 한계를 느끼다,라는 말은 왜 떠올리는 순간 어두워지는가.
한계를 돌파하다, 정도는 되어야 긍정적 의미가 생긴다.

한계는 국어사전이 정의하기를 '사물이나 능력, 책임 따위가 실제 작용할 수 있는 범위'라는 뜻이다. 즉, 굳이 뛰어넘지 않아도 되는 용량 같은 것이다. 인간의 용량은 절대적이지 않아서 어떤 태도로 임하느냐에 따라 결과물이 많이 달라지긴 하지만 사실 한계는 말 그대로 한계, 굳이 뛰어넘지 않아도 되는 것이다.

나도 한계를 넘어보려고 노력했다. 어디까지 할 수 있을지 몰랐기 때문이다. 어디까지 금을 그을 수 있는지 더 멀리 손을 뻗어보았다. 내가 만들 수 있는 가장 어두운 노래, 가장 밝은 노래, 가장 따뜻한 노래, 가장 차가운 노래를 지어보았다. 지름을 넓혀나간다고 생각했다. 그리고 알았다. 한계는 존재한다. 어디까지고 달려나갈 수 있는 것이 아니었다.

오 년 전 프로젝트 앨범 〈오지은과 늑대들〉을 만들 때 친애하는 L이 말했다.
오지은은 하고 싶은 게 많구나?
나는 당연한 얘기 아니냐고, 할 수 있는 건 전부 다 하고 싶다고 말했다.
나는 어떠한 사람이다,라는 개념에서 끊임없이 자유로워져야 한다고, 그런 자세를 가지고 창작하는 것이 의무라고 생각했다. 틀린 생각은 아니다. 그런 시기도 있다. 그리고 그 다음 시기도 있다.

지금은 내가 한계를 넘을 수 있는지 궁금하지 않다. 그런 시도는 내 어딘가를 부수고 지나갔다. 대신 작업의 최상급은 한계 근처에 닿는 것이 아닐까, 하고 생각하게 되었다. 지금의 추측은 이렇다. 일단 축을 아는 것이 중요하다. 지름의 평균 길이를 파악해두는 것도 중요하다. 원을 넓히는 것보다 모양을 파악하는 것이 중요하다. 그 과정이 끝나면 파고들어가야 한다. 내 모양대로.

물론 쥐뿔 재미없고 절망의 연속이지만 할 수 있는 유일한 일이기에 꾸역꾸역 하고 있다. 남들도 별반 다르지 않을 것이라 생각한다.

솔직함에 대하여

예전에 라디오에서 아무거나 내가 추천하는 것을 소개하는 코너가 있었다. 제목은 '그 여자의 취향.' 나답지 않은 아침 라디오였다. 물론 녹음은 점심 즈음에 했지만. 아침을 여는 사람들이 듣는 방송답게 눅눅하지 않아야 했다. 그곳에서의 내 역할은 열심히 사느라 재미있는 것을 놓치고 있는 사람들에게 조금 덜 열심히 사는 만큼 재미있는 걸 더 찾아다닐 수 있어-보이는 내가 이것저것을 소개하는 것이었다. 핸드폰게임도 소개하고 〈댄싱9〉 같은 텔레비전 프로그램도 소개하고 만화책과 웹툰도 소개했다. 생각해보면 성립이 되기 쉽지 않은 코너였는데 어째 디제이인 서현진 씨도, 작가와 피디도 좋아해주어서 신나게 내 취향을 꺼낼 수 있었다. 그런데 딱 한번 호응을 받지 못한 적이 있다.

시간을 보내는 법 중에 사실 내가 가장 좋아하는 것은 '아무도 오지 않는 블로그 보기'이다. 물론 날씨 좋은 날의 산책, 벗과의 커피 한 잔, 마음이 맞는 사람들과의 연주, 좋아하는 사람과 맛있는 것 먹기, 전부 존재만으로 감사한 일이지만, 늘어져서 입을 헤 벌리고 속된 말로 우와 꿀잼이다, 하는 것은 바로 그런 블로그 보기인 것이다. 잇님들(이웃님들을 일컫는 블로그 용어)을 찾는 파워블로거의 블로그가 아닌, 이런 블로그 누가 오겠어,라고 하면서 친구에게도 하지 않는 자기의 속 얘기를 털어놓는 블로그를 발견하면 정말 금광을 캔 것 같다.

가장 좋은 것은 워킹홀리데이 일기 블로그. 도착하는 날의 설렘, 핸드폰과 의료보험 등을 만들 때의 긴장감, 새로운 동네를 걸으며 찍어보는 별 특별할 것 없는, 하지만 그날의 그에게는 너무도 특별한 거리 사진, 일자리 찾기, 좌절, 슬럼프, 다시 극복, 의미 없이 계속 찍어 올리는 음식 사진, 장보기 사진, 갑자기 찾아오는 불안, 누가 자신의 일상을 아무런 검열 없이 미주알고주알 들려주는 것이 나는 너무 좋았다. 그건 돈을 주고도 듣지 못하는 얘기라고 생각했다. 어, 그냥 잘 지내. 그냥 그렇지 뭐. 그 아래에 감춰진 것들.

그걸 가만히 누워서 손가락을 움직이는 것만으로 볼 수 있다니 이보다 즐거운 것은 없다고 생각했다.

내 비장의 무기를 의기양양 소개하니 처음으로 작가, 피디, 디제이 언니가 당혹스러운 눈으로 날 바라보았다. 아, 이건 많은 사람들이 좋아하는 것이 아니구나. 그날 처음으로 알았다.

내 음악을 사람들이 왜 소비하는지를 나는 꽤 늦게 안 편인지도 모르겠다. 모이를 던질 때는 나중에 어떤 새가 와서 쪼아 먹을지 모르지 않는가. 편지나 쪽지에 '남에게 못하는 내 얘기를 대신 해주는 것 같아 좋았다'는 얘기가 많았다. 나는 그런 얘기 다들 하고 사는 줄 알았지. 소 거꾸로 가다 쥐잡은 격인데 그런 말을 몇 년간 듣다보니 어떤 의무감 같은 것이 생겼다. 아, 다른 사람이 건드리지 않는 구역을 어쩌다 맡았으니 내 나름 바지런히 청소를 해야겠구나. 그래서 '깊숙한 곳에 있는 것을 솔직하게 꺼내놓을 것'이라는 조건은 처음 곡을 쓸 때도 나중에도 항상 제일 위에 있었다.

하지만 남들이 하지 않는 데에는 다 이유가 있다. 갑옷을 두르는 이유는 그렇게 하지 않으면 다치기 때문이다. 세련되고 쿨한 태도, 너무 상황에 깊게 빠지지 않을 것, 적당한 온도를 유지할 것, 현대인의 수칙을 나는 조금 늦게 알았고 그때는 이미 흉터가 꽤 생긴 후였다.

솔직함이라는 것은 위험한 것이다. 특히 뭘 만들 때는 더욱. 작품 뒤에 숨기도 힘들고, 자신에게 취해서 그 흥으로 작업하기도 힘들고, 적나라한 맨 얼굴을 형광등 조명 아래에서 계속 보는 것처럼 쓰라리고 재미없다. 그리고 당연한 얘기지만 으악 저 맨얼굴 봐,라는 말을 듣게 되고 결국 지친다. 뜨겁고 끈적한 어리석은 마음을 투박하게 담아놓고 좋은 소리만 듣고 싶다는 것은 욕심이었다. 그래서 나는 스스로 오른 불판에서 내려오기로 결심했다. 당연한 말이지만 너무 뜨거웠기 때문이다.

더이상 솔직하지 않으리라. 애초부터 솔직한지 아닌지가 무슨 상관인가. 일기를 원하는 것은 나뿐이었다. 그런 블로그를 미주알고주알 읽는 사람은 나뿐이었다. 완성도만 높으면 됐지. 나도 이제 세련되게 나와 직접적인 상관이 없는 무언가를 만들고 싶었다. 작품이 다쳐도 사람은 다치지 않는 구조에서 형광등 아래 적나라한 맨얼굴이 아닌 좋은 조명 아래 파운데이션 바른 얼굴로 서고 싶었다. 이 일을 오래하고 싶다면 더욱 그래야 하지 않을까 싶었다. 그런 생각으로 이 원고를 처음부터 다시 쓰기 시작했다.

재치 있는 글, 때로는 모호한 글, 내가 누구든 상관이 없는 그냥 잘 쓰인 글을 목표로 했다. 아름다운 글, 차분한 글, 다른 사람들이 이미 서 있는 듯 보이는, 여기가 아닌 다른 지점, 더이상 다치지 않게, 멀리 멀리.

얼마나 비겁하고 한심한 글들이었는지 모른다. 일 년을 헤매고 겨우 알았다. 기술이 얼마나 까다로운 것인지, 마음이 없는 기술이 얼마나 허망한지, 얼마나 많은 기운이 드는지, 몸이라는 것이 얼마나 간단히 상하는지, 그리고 남은 기운은 가장 소중한 것을 말하는 것에 써야 한다는 것도. 어리광은 그만 부리고 용감해져야 할 시간이 왔다.

결국 몇 달간의 좌절 후, 나는 다시 솔직한 글을, 아무에게도 하지 않았던 이야기를 쓰기로 했다. 대가를 치르게 되겠지만 누군가에게 쓰임새가 있다면 그걸로 됐다. 검은 천을 걷고 그 안의 무서운 것들을 꺼내는 것. 아무래도 계속 내 할 일인 것 같다. 항상 도돌이표, 집에 있는 파랑새, 네네, 하지만 헤매기 전에는 모르니까요.

여전히 워킹홀리데이 블로그 염탐이 제일 재미있다.

딜레마

마음에 고쳐지지 않는 구멍이 있고
그 탓에 맞출 수 없는 균형이 있고
그로 인해 나오는 것들로
공감을 얻고 밥도 먹을 수 있다니
감사한 일이다.

하지만 때때로
미성숙을 예술성으로 착각하고
많은 것을 용서받고 사는 것은 아닐지
두려울 때가 있다.

꿈에 대하여

꿈을 이루어서 행복하냐는 질문을 받았다.

애당초 음악이 내 꿈이었는지
이것은 그것을 이룬 상태인지
혹시 그게 맞는다면,
꿈을 이루었다는 것은 대체 무엇인지
사실은 아직도 잘 모르겠지만

내가 꾸던 꿈과
내가 하는 일은
관객석에서 바라보는 무대
무대에서 바라보는 관객석처럼

풍경이 다르다고.
공연장이라는 같은 공간에 있지만
백팔십도 다른 곳을 보고 있다고.

마치 꿈을 이루는 일은
어쩌면 꿈을 계속 만들어내야 하는 것일지도 모르겠다고.

예쁜 비눗방울을 가진다는 것은
얼굴이 시뻘게지도록
비눗방울을 계속 부는 것일지도 모르겠다고.
얄궂게도
그런 이치로 이루어진 세계 같다고.
복잡한 표정으로 대답할 것 같다.

그래서 행복하냐고요! 하고 재차 묻는다면,
오십일 퍼센트 정도 행복합니다.
별로 듣고 싶지 않은 대답일지도 모르겠지만요.

스 너 프 킨 과 무 민

무민의 좋은 친구 스너프킨은 음악을 만든다. 나는 스너프킨이 만든 음악을 들어본 적은 없지만 어마어마하게 좋을 것을 안다. 왜냐하면 스너프킨은 좋은 멜로디가 익을 때까지 기다릴 줄 알고, 그것을 꺼낼 적당한 장소와 타이밍을 알기 때문이다. 그렇게 만들어진 음악은 백이십 퍼센트, 좋은 음악이다. 아, 구십오 퍼센트 정도로 해둘까, 소심해지네.

언제 어디서나 흘러넘치는 재능이 진짜 재능이라고 생각했다. 멜로디가 밤이고 낮이고 퐁퐁 솟는 사람이 있겠지, 하고 생각했다. 지금은 사라지기 십상인 멜로디를 잘 품고 진득하게 마음속에서 굴려서 두툼하게 만들어 어느 달밤에 꺼낼 수 있는 사람이 가장 멋지다고 생각한다.

무민과 스너프킨의 우정이 빛나는 이유는 '거리 감각' 때문이다. 스너프킨은 소중한 무민 골짜기를 떠나 보드라운 이끼 위에 누워 그리움으로 멜로디를 잇는다. 떠나야 그리워할 수 있기 때문이겠지. 막히는 부분은 다음날 다시. 스너프킨은 안달하지 않는다. 빨리 완성하려 하지도 않는다. 완성이 되면 무민에게 들려주기 위해 골짜기로 돌아간다. 이번에는 돌아갈 곳이, 들려줄 상대가 있다는 것에 기쁨을 느끼며. 잃었기에 얻었고 얻었기에 다시 잃는다. 스너프킨은 그런 자신을 잘 알고 있고 친구인 무민 또한 그렇다.

언제 어디서나 흘러넘치는 사랑이 진짜 사랑이라고 생각했다. 사랑한다면 틈 하나 허용하지 않고 상대방으로 나를 가득 채우고 상대방 또한 그렇게 하길 바랐다. 그것도 맞고, 그렇지 않은 것도 맞다. 오래 지켜가고 싶으면 아마 후자가 좀더 답에 가까울 것이다. 사랑한다면 닿을 수 있는 조금 먼 곳에 두는 그런 어른의 세계.

동화책에서 보았지만 말입니다.

어 떤 생 일

생일날 강원도에 공짜로 머물 수 있는 방이 생겼다. 리조트 회사에 다니는 친오빠가 이번 여름휴가에 쓰지 못한 직원용 방이 있다고 마치 선물인 양 선심을 쓰기에 그 생색, 감사히 받기로 했다.

생일은 점점 난처해진다. 관심을 끄기도 그렇고, 챙기기도 그렇다. 잔치를 열 정도로 즐거운 일도 아니다, 그렇게 생각하면서도 아무도 모르고 넘어가면 섭섭함이 스멀스멀 올라오는 것도 웃기다. 그래서 나는 혼자 강원도에서 생일을 보내기로 했다. 축하해줄 사람이 없는 곳에 가면 축하해주지 않는다고 섭섭해할 이유도 없지 않은가.

고속버스를 타고 양양으로 갔다. 재미없는 고속도로 구간 동안은 잠만 잤다. 터미널에 내리기 십 분 전부터 바다가 보였다. 아, 바다. 아까까지 재잘재잘 떠들던 여자아이 둘이 말을 멈추고 창밖만 바라본다. 나는 바다를 보는 사람들을 보는 것이 좋다. 터미널에 내려서는 막국수를 먹었다. 혼자라서 안 좋은 점은 이런 것이다. 막국수집에서 수육을 시키기가 힘들다. 막국수를 싹 비우고 숙소까지 택시를 탔다. 방은 바로 바다 앞은 아니었지만 멀리 보이는 것만으로도 그저 감지덕지였다. 매점에 가서 몽쉘, 초코에몽, 믹스커피, 에이스 크래커를 사서 올라왔다. 생일이니까 혼자 다 먹어야지. 혈당이 올라가서 그런지 기운이 뻗혀 마이클 잭슨 노래를 들으며 방에서 춤을 췄다. 기운이 떨어지고 난 후 책을 폈다. 이석원 선배의 〈언제 들어도 좋은 말〉, 이날 읽으려고 아껴두었다. 어디까지가 진짜고 어디까지가 허구일까. 대놓고 물어볼 수는 없겠지. 이런 생각을 하며 파도 소리를 들으며 책장을 넘겼다. 천천히 목욕을 하고 수면제를 먹고 이른 시간에 침대에 누웠다.

생일날이 되었다. 나는 리조트에 있는 수영장에 가기로 했다. 워터파크라고 할 수는 없을 것 같고 그냥 작은 야외 풀과 실내 풀이 있는 공간이다. 판단 미스였던 것은 나를 제외한 모두가 래시가드를 입고 있었다는 것이다. 형광 주황

색의 비키니를 입은, 초가을 날씨 야외 풀의 나, 공룡 모양 튜브를 타고 같은 노래를 삼십 번도 넘게 부르는 아이, 아이의 튜브 끈을 무표정하게 끌고 다니는 부모, 나쁘지 않은 걸. 나는 수영장 한쪽에서 힘을 들이지 않고 유유히 수영을 하는 아주머니들에게 주목했다. 점심을 너무 많이 먹어서 우리 다섯 번은 더 왔다갔다해야 해, 그렇게 말씀하셨지만 열 번을 돌아도 어머님들께서 드신 밥 두 수저만큼도 연소되지 않을 것 같은 영법이었다. 나는 바로 저 영법을 배우고 싶었다. 하지만 얼마 전 들은 수영 강습에서는 정통파 자유형을 가르쳐주어서 나는 결국 아랫배와 허벅지에 주는 힘, 곧게 뻗은 팔, 음파의 타이밍, 귀의 위치, 이런 것을 신경쓰며 허우적대다가 횟수를 전부 소진해버렸다.

특히 숨을 쉬는 것이 어려웠다. 원래 어렵다고 한다. 그러나 하다보면 된다고 한다. 지금도 잘 믿기지 않는다. 이렇게 어려운 것을 모두 편하게 할 수 있게 된다고? 하지만 생각해보면 걷기를 처음 할 때도, 글을 배울 때도 이랬을 것이다. 어른이 되어 새삼 해보려고 하면 정말 어렵다. 당연한 것들은 사실 꽤 어렵다. 보통으로 지내는 것 또한. 여하튼 수영을 할 수 있는 사람이 되겠다던 다짐은 올해도 실패다. 나는 구명조끼의 힘을 빌려 뒹굴뒹굴 물위를 누워 다녔다.

이 한국적인 리조트 안에 무려 스파가 있어서 생일답게 예약을 해보았다. 원래 가격은 상당히 비쌌지만 할인 폭이 매우 컸다. 그럴 거면 정가를 그냥 적당한 가격으로 해두는 편이 나을 텐데, 그런 생각을 하며 어정쩡하게 구명조끼를 벗어 바닥에 내려두고 테이블에 앉아 정체불명의 허브티를 마셨다. 차라리 목욕가운을 주지… 말은 하지 못하고 홀짝 홀짝.

첫번째 코스는 머드 테라피였다. 나는 사우나실 같은 곳으로 안내받았다. 그리고 테라피스트는 (아마도 그냥 인근에 사는 강원도 청년이겠지) 머드팩이 담긴 그릇과 붓을 두고 나가버렸다. 이거 직접 발라야 하는 것이구나. 그래 발라주는 것도 민망하지. 의자에 앉아 치덕치덕 몸 이곳저곳에 머드를 바르는 중간중간 사우나실에서 김이 푸쉬쉬 하고 나왔다. 덕분에 머드가 굳지 않았다. 이런 방을 혼자 쓰는 사치스러움과, 대체 나는 무엇을 하고 있나 하는 혼란을 동시에 느끼며 얼추 온몸에 머드를 다 바르고 멍하니 시간을 보내니 (시계라도 하나 안에 있었으면…) 위에서 물줄기가 내려왔다. 씻으라는 거구나. 나는 주춤주춤 머드를 씻어냈다. 일어나야 하나? 아니 물줄기의 위치상 앉아야 하는구나. 하지만 그러면 허벅지 뒤쪽은 어쩌고? 어찌어찌 해내고 나오니 그다음은 수중 테라피였다.
커다란 목욕탕 같은 곳에 은은하게 등이 켜져 있었다. 잠시 기다리라고 해서 나는 자쿠지에서 혼란을 가라앉히려고 노력했다. 한 커플이 들어왔다. 말을 받아줄 사람이 있으니 그들은 혼란을 입 밖으로 내길 주저하지 않았다. 나는 거품 속에서 가만히 끄덕끄덕했다. 아까의 테라피스트와 또다른 테라피스트가 들어왔다. 뽀얗고 덩치가 큰 청년이었다. 그가 나를 담당하게 되었다.
긴 베개 같은 것을 물을 띄우고 그는 나에게 여기에 누우라고 했다. 이거 물에 공포가 있는 사람은 어떻게 하지? 하지만 난 공포가 있는 사람은 아니니 시키는 대로 누워보았다. 물속에서는 음악이 들렸다. 이상한 부분에서 퀄리티가 높았다. 아까의 머드도 꽤 느낌이 괜찮았다. 그는 물위에 떠 있는 나를 이리저리 움직이며 스트레치를 하기 시작했다. 빙그르르 돌았다가 쭈욱, 반대 방향으로 빙그르르 쭈욱. 수영복만 입고 있는 모르는 젊은이의 품에 안겨 빙그르르, 빙그르르. 기왕 이렇게 된 거, 하고 생각하고 눈을 감고 몸을 맡겼다. 신선놀음이네. 이거 소문나면 여자들끼리 계해서 오겠는데.
테라피가 끝나자 그는 나를 살포시 안고 물기슭에 내려주었다. 이런 공주님 기분이라니. 그나저나 아까의 커플은? 남자친구의 표정은 굳었고 둘은 말을 잃은 듯 보였다. 이 스파는 커플에게 조금 더 섬세함을 갖춰야 할 것 같다.

다음은 효소 테라피였다. 커다란 나무통에 겨 같은 것이 있었다. 어정쩡하게 누우니 아까의 청년이 겨로 베개를 만들어주었다. 그리고 삽으로 효소를 떠서 내 몸을 덮어주었다. 천장은 높고 침침했다. 커플은 갑갑했는지 나가버렸다. 나는 뜨거운 곳에 오래 못 있는 체질인데 어쩐지 기분이 좋아 나오라고 할 때까지 누워 있었었다.
마지막은 사운드 테라피. 사운드 테라피라는 것은 무얼까? 특수한 방에서 뇌 휴식에 도움이 되는 주파수 같은 걸 쏘는 것일까? 하지만 안내받은 곳은 예상 외로 평범한 마사지실이었다. 그리고 평범한 마사지실에서 주로 끼우는, 우주복처럼 생긴 공기로 된 마사지기를 다리에 끼우고 내 귀에 헤드폰을 씌워주었다. 정체불명의 민속 음악이 나왔다. 아 설마 이것이… 심지어 이것은 정통 민속음악이 아니고, 그냥 민속풍 음악이렸다. 희미하게 풍기는 남미의 향기, 하지만 곧 영어가사의 노래가 나왔다. 정말 모르겠네. 신경이 쓰여서 쉴 수가 없었다. 차라리 국악을 틀어주면 테라피가 될 텐데. 그래도 우주복 마사지기가 기분이 좋아 또 의외의 즐거운 시간을 보냈다. 모로 가도 서울로만 가면….

마사지를 끝내고 뻘쭘하게 구명조끼를 받아들고 나오니 수영장에는 사람이 거의 없었다. 야외 풀에 나가보니 사람이 아무도 없었다. 퇴근을 기다리는 기색이 역력한 아르바이트생 안전요원만 있었을 뿐. 하늘엔 초저녁 별이 밝게 빛나고 있었다. 나는 이미 캄캄해진 하늘, 아직 붉게 해가 걸려 있는 반대편의 하늘을 번갈아 바라보며 듀공처럼 몸을 뒤집었다. 그러다 갑자기 저 안전요원에게 '저기 저 수영 좀 가르쳐주실래요' 하고 소리쳐볼까 하는 상상을 했다. 아니야, 싫어. 내 생각을 알면 저 안전요원은 '싫은 건 전데요' 하겠지. 하하. 맞아요. 싫은 건 당신이죠.

한식당에서 밥을 먹었다. 생선구이를 시켰더니 미역국이 나왔다. 건너편 테이블에는 여자아기와 그 부모가 앉아 있었는데 그 아이의 이름이 지은이인지 연신 '지은아 이쁘다, 지은아 이쁘지, 아이 이뻐, 그래 지은아, 여기 봐봐 지은아, 아휴 이쁘다….' 이렇게 말하며 사진을 찍었다. 미역국도 먹고 어마어마하게 좋은 생일이잖아, 하고 생각했다. 저쪽

테이블을 바라보며 '식사 값은 제가 계산하겠어요. 제 이름도 지은이라서. 본 아페티' 하고 말하는 상상을 했지만 역시 접었다.

밤에는 서울에서 남편이 케이크를 사 들고 왔다.
너 이거 양양 터미널 앞 파리바게뜨에서 산 거지.
헉, 어떻게 알았어.
나 오늘, 너 안 왔으면 수영장 안전요원 청년한테 말 걸었을 거야, 수영 가르쳐달라고.
하하하, 너 웃긴다, 그럼 가르쳐준대?
치킨 사준다고 하지. 그래도 나, 혼자 비키니 입은 여자였단 말이야. 그리고 밥 먹는데 옆 테이블 아기 이름이 지은이였는지 이쁘다는 말도 엄청 들었어.
재미있네. 글로 써봐.

다시 떠올려봐도 멋진 생일이었다.

여전한 것들

여전히 샤워를 하러 가기 전에 밍기적거리다가
따스한 물줄기를 맞고 이 좋은 걸 왜 이제야, 하고 생각한다.

아이스라테를 시켜놓고
역시 따뜻한 걸 시킬 것을 그랬어, 하고 후회한다.

빵집에서 빵을 세 개 고르고
한 개 반 베어먹을 즈음 그냥 두 개만 살 걸, 하고 생각한다.

너무 많이 말했다는 사실을 깨닫고
못난 자신을 부끄러워한다.

이불 바깥이 무섭게 느껴진다.

여전히 많은 시간 멍하니 천장을 본다.

그런 중,

여전하지 않는 것도 있는데

힘든 일이 있으면 도망칠 궁리를 한다는 것.

그리고

길모퉁이마다 슬픈 일이어도

일일이 놀라거나 실망하지 않는 것.

그리고

이제는 크고 쓸모 있는 것들도 오래 생각해보려고 노력한다는 것.

이 년 동안 나에게 변화가 있었다면

이 정도이다.

작은 마음

원고를 마치자 음악이 나왔다.
마치 부서를 옮긴 것처럼.

너무 작고 별것 아니라서
노래가 되지 못하는 작은 마음에 대한
노래를 짓고 불러야지.

아주 슬픈 가사를
전혀 슬프지 않은 멜로디 위에 얹어야지.

사운드는 아름답고 촉촉하게,
맨얼굴 같은 메마른 사운드는 이번에는 넣어둬야지.

도달할 수 있는 곳이
별 볼 일 없는 곳이라도
갈 수 있는 곳이 아직 남아 있다면
가야지. 그리고 불러야지. 노래를.

다음에 공연을 하게 되면
이제는 눈을 감지 않고
당신을 바라봐야지.
익숙하지 않아 많이 힘들겠지만
그래도 잠깐이라도
나의 음악을 듣는 당신을 바라봐야지.

이 사

예전에 어떤 고명한 음악계 선배에게 건방진 말을 한 적이 있다. 그 선배는 서울을 떠나 한적한 곳에 자리를 잡은 지 오래되었다. 그를 처음 만난 날 나는, 왜 서울을 떠나셨냐고 계속 자리를 지켜주셨으면 서울에서 버티는 후배들이 얼마나 든든했겠냐,고 말했다.

몇 년 전의 부끄러운 일이다.

막막한 기분이 들 때였다. 서울에서 버텨내야 하는데, 방법을 모르겠는데, 그 전쟁터를 선배가 버린 것 같아 섭섭한 마음이 들었다. 미숙하게 뜨거웠다. 그는 이런 하룻강아지 같은 말에 화를 내지도 않고 그냥 음… 하고 넘어갔다. 알아듣지 못할 테니 말을 아꼈겠지.

시간이 지나고 자잘한 병이 늘었다. 어느 날은 갑자기 쓰러져서 계속 위액을 게워냈다. 그 병은 이석증이고 이 또한 특별한 원인이나 치료법이 없으며, 치료하고 싶으면 시골에 내려가서 아무도 보지 말고 살라고 의사가 말했다. 별로 하는 것도 없는데 계속 고장이 나는구나.

홍대를 참 좋아한다. 사랑하는 것이 많고 사랑하는 사람도 많다. 하지만 조금 멀어지는 것이 좋을지도 모른다는 생각이 들었다.
정신과 의사는 약물만으로는 버거울 것 같다고 상담치료를 권했다. 우연히 게스트하우스에서 만난 어떤 칠레 청년도 상담치료를 권했다. 네가 천재가 아닌 이상 넌 혼자 너의 문제를 해결하기 힘들 거야.

처음으로 점을 보러갔더니 점쟁이가 말했다. 본인이 어두운 곳으로 계속 가네요. 하지만 거기서 만들어내는 것을 사람들이 좋아하니까 그게 좋은 것인지 나쁜 것인지 모르겠어요. 그냥 그렇게 사셔야죠 뭐.

어떤 날은 정말 엉망이고 어떤 날은 또 괜찮다. 내가 정상인지 아닌지, 다른 사람들의 평균치는 어느 정도인지, 이래도 되는지 알고 싶었지만 문제의 본질과는 아무래도 상관 없는 일인 것 같다.

버티지 못한다고 비겁자는 아니다.

그냥 그런 것이다.

편지

나는 괜찮습니다.

조금 용감해졌어요.

그 용기를 모아

도망을 갈 것입니다.

아주 조용한 곳으로요.

나는 내가 작고 형편없다는 사실을

드디어 인정했어요.

그리고 가끔 쓸모가 있다는 사실도 인정했어요.

두 가지는 섞여 있어서

한 가지 사실만 바라보면 균형이 무너지지요.

나는 별로 나은 사람이 되지 못했어요.
아마 계속 이렇겠죠.
거울을 볼 때마다 한심한 모습에
혀를 차게 될 거예요.

하지만 괜찮아요.
왠지 원래 그런 것 같습니다.
그래서 나는 종종 거울을 내려놓고
밝은 곳에도 나가볼 생각이에요.

다른 어른의 삶은 잘 몰라요.
하지만 나라는 어른은 이렇습니다.
빛이 어둠을 헤치게도
어둠이 빛을 덮어버리게 두지도 않을 거예요.
전부를 용감하게 바라보고 싶어요.
그래서 도망을 갈 겁니다.

그래도,
가끔 만나러 올게요.

e p i l o g u e

생 각 한 다

잃어버린 것들에 대해 생각한다.
돌이킬 수 없는 것들에 대해 생각한다.
어쩔 수 없는 것들에 대해 생각한다.
어긋남에 대해 생각한다.
고칠 수 없는 어리석음에 대해 생각한다.

흐름에 대해 생각한다.
시작과 끝에 대해서 생각한다.
지나친 것들에 대해 생각한다.

시작, 끝, 중간, 잃어버린, 얻은, 어긋났다고 생각한 것 전부
사실은 그렇지 않을지도 모른다고
생각한다.
다시 제자리.

걷다보니 다시 같은 자리였다.

역시 알 수 있는 건 아무것도 없었다.

그런 중에,
마지막으로
당신을 생각한다.

같이 걸을까요?

2015년 12월
오지은

익숙한 새벽 세시

초판 1쇄 발행 2015년 12월 23일
초판 10쇄 발행 2019년 7월 15일

글 사진 일러스트 오지은

편집 고미영 홍성광 이승환
디자인 형태와내용사이
마케팅 정민호 박보람 나해진 최원석 우상욱
홍보 김희숙 김상만 오혜림
제작 강신은 김동욱 임현식
제작처 영신사

펴낸이 고미영
펴낸곳 (주)이봄
출판등록 2014년 7월 6일 제406-2014-000064호
주소 10881 경기도 파주시 회동길 210
전자우편 yibom@yibombook.com
팩스 031-955-8855
문의전화 031-955-1909

ISBN 979-11-86195-45-1 03810

이봄은 (주)문학동네의 계열사입니다.

이 도서의 국립중앙도서관 출판시도서목록(CIP)은 서지정보유통지원시스템 홈페이지(http://seoji.nl.go.kr)와 국가자료공동목록시스템(http://www.nl.go.kr/kolisnet)에서 이용하실 수 있습니다. (CIP제어번호: CIP2015032395)

잘못된 책은 구입하신 곳에서 바꿀 수 있습니다.

springtenten yibom_publishers